Brigitte Jünger

Pakt der Krähen

Brigitte Jünger
wurde 1961 in Köln geboren. Sie studierte Germanistik, Kunstgeschichte und Psychologie und arbeitet als Autorin und freie Journalistin für mehrere Rundfunkanstalten in Deutschland. Sie verfasst Hörfunkbeiträge zu Themen wie Musik, Kunst, Religion, Zeitgeschichte, Naher Osten und das Zusammenleben verschiedener Kulturen.

Folgende Bücher von Brigitte Jünger sind bei Jungbrunnen lieferbar: *Der Mantel* (2019) und *Monster* (2021).

ISBN 978-3-7026-5980-6
1. Auflage 2023

Einbandgestaltung: vielseitig.co.at (Artwork: Silvia Wahrstätter unter Verwendung von Fotos von unsplash.com)

Druck und Bindung: Florjančič, Maribor

Wir legen Wert auf nachhaltige Produktion unserer Bücher und arbeiten lokal und umweltverträglich: Unsere Produkte werden nach höchsten Umweltstandards gedruckt und gebunden. Wir verwenden ausschließlich schadstofffreie Druckfarben und zertifizierte Papiere.

FSC www.fsc.org MIX Papier | Fördert gute Waldnutzung FSC® C106954

Brigitte Jünger

Pakt der Krähen

Jungbrunnen

1

„Zachy, du verdammter Hund, lass mich hier raus!" Oke schlug mit der Faust gegen die raue Wand des niedrigen Bunkers, so dass Staub auf ihn herabrieselte. Den Schmerz in seiner Hand bemerkte er nicht.

„Soll ich hier bis in alle Ewigkeit verrotten oder was?"

Oke schlug diesmal mit der Faust auf den Boden, aber schon viel kraftloser. Die flammende Wut, die ihn gerade noch bis in den letzten Winkel seines Körpers ausgefüllt hatte, verwandelte sich in Verzweiflung und brach schluchzend aus ihm heraus. Das Kinn auf die Brust gelegt, lehnte er sich gegen die Wand und schlang die Arme um die Knie. „Warum?" Warum nur war alles so gekommen? Dass Zachy ihn in den Wald zu ihrem Bunker gelockt und darin eingeschlossen hatte. Dass er Oke nicht mal sein Handy gelassen hatte.

Was war mit ihrem gemeinsamen Plan? Dem Plan vom blauen Meer, einem wolkenlosen Himmel und einem Boot, das Zachys Vater angeblich besaß. Ein Plan, nur für sie beide, ohne die anderen, trotz des Vorfalls auf der letzten Versammlung.

Oke hatte über Wochen nach den richtigen Worten gesucht, die er dort sagen wollte. Sie dann aus seinem Inneren herauszulassen, hatte ihn fast übermenschliche Kraft gekostet. Er hatte lange daran gefeilt und geschliffen, jedes einzelne Wort abgewogen und neu sortiert. Es sollte sich nicht nach einem Vorwurf anhören, nur nach einem Gedanken, den sie vielleicht mal diskutieren könnten. Es ging einfach nicht anders. Nicht nach dem, was mit Hansmann passiert war!

Aber es wurde nichts diskutiert. Zachys Gesicht war im

Verlauf von Okes Rede versteinert, als hätte er sich in eine Sphinx verwandelt, eine von den Figuren, die die alten Ägypter zur Bewachung ihrer Pyramiden aufgestellt hatten. Es war nicht zu erkennen gewesen, ob Zachy sich ärgerte oder richtig sauer auf Oke war.

Tage vergingen, dann hatten sie sich, wie immer, an der halb verrotteten Bank hinter den Häusern getroffen. Zachy hatte Oke seinen Plan unterbreitet, der nur ihnen beiden galt. So wie früher. So wie ganz am Anfang, als die Crows nur eine Idee gewesen waren. Zachys Idee, die er mit ihm, Oke, teilte. Langsam waren die Crows zu ihrer gemeinsamen Idee geworden, allerdings – wenn man einen der Crows gefragt hätte, wer der Chef war, hätten die meisten gesagt: Zachy. Und Oke? Ja, der ist sein Schatten, hätten sie gesagt, der Libero, der Co-Pilot. Und damit wäre Oke auch völlig einverstanden gewesen, es reichte ihm, dass er so etwas Ähnliches wie Zachys Bruder war. Was die anderen dachten, war ihm egal.

Als sie anfingen, über die Crows nachzudenken, hatte es sich angefühlt wie zuvor nur mit Leo, was womöglich das Allerallerwichtigste gewesen war. Und dann hatte es ja auch tatsächlich funktioniert. Die Crows – elf Leute, Oke und Zachy inklusive – waren eine feste Größe im Hochhausblock zwischen Gröbener Platz und Wildener Höhe. Sie hatten die Serben verdrängt, den Hausmeister im Griff und die Hälfte der Rubnow-Gang abgeworben. Ein voller Erfolg. Bis zu diesem Vorfall vor einer Woche. Bis zu dieser einen Frage, die Oke in den Raum gestellt hatte. Bis zu Zachys versteinertem Gesicht.

Dass Zachy kurze Zeit später trotzdem mit diesem Urlaubsplan angekommen war, hätte Oke wundern können.

Aber er war einfach nur froh gewesen, dass Zachy nicht ausgeflippt war. Oh ja, das konnte Zachy gut, wenn ihm was in die Quere kam, und dann ging man ihm besser aus dem Weg. Dieses Mal war er Oke eher nachdenklich vorgekommen. Vielleicht hatte er sich das, was Oke gesagt hatte, ja tatsächlich zu Herzen genommen und wog es in seinem Innern ab. Deshalb dieses undurchdringliche Gesicht.

Außerdem war es gerade so heiß, dass die Aussicht auf ein blaues Meer und ein Boot mehr als verlockend war. Kurz bevor sie loswollten, hatte Zachy gemeint: „Wir treffen uns am Bunker, wir brauchen noch etwas Proviant."

Auch das hätte Oke stutzig machen können. Proviant! Zachy hatte immer gerne etwas Essbares in der Nähe. Ein plötzlicher Anfall von Heißhunger verdarb ihm ebenfalls die Laune, wenn sich nichts finden ließ, was er sich in den Mund schieben konnte. Es war das *Wort* Proviant, das Oke hätte nachdenklich machen müssen. Das war so, als hätten die Müllmänner freitagmorgens „Abfalleimer herausstellen" in den Hausflur gebrüllt, anstatt „Tonnen raus!"

Aber auch dieses Zeichen nahm Oke als eine positive Veränderung an Zachy wahr, wunderte sich zwar ein wenig, schrieb es aber insgeheim seinem persönlichen Einfluss auf den selbstgewissen und häufig zu explosiven Ausbrüchen neigenden Freund zu. Wie entsetzlich dumm war er gewesen!

Später, im Bunker: Während Oke gerade mit den Vorräten beschäftigt war und im hinteren Teil des langgezogenen, zur Hälfte unter der Erde liegenden Betonraums einen Sixpack kleiner Wasserflaschen und zwei Handvoll Energieriegel in seinen Rucksack packte, schlug vorne die eiserne

Tür zu. Oke dachte sich nicht viel dabei, drehte sich nicht einmal um. Doch als er schließlich raus wollte, war Zachy weg – und die Tür verschlossen. Er rüttelte an dem rostigen Griff und rief Zachys Namen, immer wieder, doch nichts passierte.

Langsam und unerbittlich wurde ihm klar, dass es kein Zufall war, der ihn hier gefangen hielt.

Jetzt, fünf Stunden später, konnte er seinen Irrtum immer noch nicht fassen. Aber er kam nicht drumherum: Zachy hatte tatsächlich einen ganz anderen Plan gehabt. Die Anzeichen hatte Oke einfach übersehen. Zachys verschlossenes Gesicht, seine knirschenden Zähne! Ein untrügliches Zeichen dafür, dass er unter Strom stand. Dass ihn etwas beschäftigte, das all seine Konzentration beanspruchte. Er hatte nur das Nötigste geredet. Aber so war er manchmal, wenn er ein Problem in den Griff bekommen wollte.

Oke löste sich aus seiner Kugelform und warf den Kopf hin und her. „ICH bin also das Problem! WIESO????“ Dabei wusste er es eigentlich, er wollte es sich nur nicht eingestehen. Es war wie hinter einem Vorhang verborgen, und Oke wollte ihn nicht öffnen, um die Wahrheit, die ganze Wahrheit anzuschauen. Dass Zachy ihn benutzt hatte. Dass Zachy sich keineswegs in irgendeiner Weise geändert hatte. Und schon gar nicht unter Okes Einfluss. Wie hatte er nur die Augen davor verschließen können! Dass Zachy eben nicht Leo war, niemals sein konnte!

Oke griff sich in die Haare und riss dichte Büschel aus. Dabei brüllte er wie ein verwundetes Tier, das mit seinem Schrei den Schmerz zu übertönen versuchte. Zachy hatte ihn benutzt, so, wie er alle benutzt hatte. Wofür? Ja, wofür? Nur für sich selbst? Für sein eigenes kleines Ego?

Oke wischte sich mit dreckigen Fingern die Tränen aus dem Gesicht. Der Gedanke war zu schrecklich, dass alles ein Irrtum sein sollte. Dass die Gemeinschaft, die Oke über alles ging, nur ein hohles Versprechen gewesen war. Dass er alles schon früher hätte erkennen können, wenn er nur gewollt hätte. Aber er hatte es nicht wissen wollen und deshalb war er mitschuldig. An allem. Auch daran, dass er jetzt hier hockte. Er, Otfried Beermann, genannt Oke, hatte an die Crows geglaubt. Daran, dass es in diesem beschissenen Leben etwas gab, das gut war und Sinn machte. Etwas, das stärker war als alles andere, das ständig an einem zerrte. Stärker als jeder Verlust. Und ausgerechnet das sollte jetzt der größte Irrtum sein?

Oke stützte die Ellenbogen auf die Knie. Tante Henri würde sich wundern, dass er sich nicht bei ihr gemeldet hatte. Und noch jemand stand ihm vor Augen: Leo, die er so gern vergessen hätte. Aber das war nicht möglich, auch jetzt nicht, und vielleicht gerade jetzt nicht. Ein Unglück folgte dem nächsten, ohne Rücksicht darauf, ob Oke das auch aushalten konnte. Er selbst war der Magnet, der das Unglück anzog, und es gab nicht den winzigsten Schimmer Hoffnung am Ende des Tunnels.

2

„Leute, könnt ihr mal ruhig sein!“

Mo saß in der Crow-Versammlung allein hinter dem fetten Schreibtisch, der trotz seiner Größe ein wenig verloren in dem großen hellen Raum im zehnten Stock des Hochhauses wirkte. Er schaute von seinem Kassenbuch auf und fixierte die anderen Crows, die auf der grauen Sofalandschaft rechts von ihm lümmelten oder links an der Wand lehnten, aber niemand beachtete ihn.

Oskar, der gerne irgendwo dazugehörte, und der kleine, wendige Pat, der immer auf der Flucht vor dem Geschrei seiner Mutter war, konnten nicht still sitzen. Konzentriert spielten sie das „Pass auf, ich treff dich“-Spiel. Die Fäuste erhoben, warteten sie auf den einen Moment, in dem die Aufmerksamkeit des anderen für einen Sekundenbruchteil nachließ, um ihn dann an irgendeiner Stelle seines Körpers zu treffen. Dabei lachten sich beide kaputt.

„Du und deine Listen!“, rief Pat glucksend, ohne Mo überhaupt anzuschauen. Im nächsten Augenblick traf er Oskar an einer schmerzhaften Stelle direkt über dem Knie. Der lange Mario, der direkt neben den beiden saß, drehte sich genervt weg und spielte weiter auf seinem Handy herum.

„Es reicht jetzt“, sagte Mo. „Eure Einnahmen sind echt nicht die besten!“

Pat sprang wie von der Tarantel gestochen vom Sofa hoch. „Ach ja? Schau dich selber an! Was bringst du denn ein? Spielst dich auf wie der neue Chef!“ Er spuckte wütend auf den Boden. „Wo sind Zachy und Oke heute? Sag uns lieber, was das zu bedeuten hat!“

Mo schaute seelenruhig wieder in sein Kassenbuch. „Putz das auf!“, murmelte er, ohne Pat anzuschauen.

Der ewig Kaugummi kauende Sam, der am anderen Ende des Sofas saß, legte sein Comicheft weg und hob den Kopf. „Echt, Mo, das würde ich auch gerne wissen. Ist doch nicht normal, dass Zachy und Oke plötzlich wie vom Erdboden verschluckt sind. Oder planen die irgendwas, von dem wir nichts wissen sollen? Irgendwas Großes?“

Mo zuckte mit den Schultern. „Weiß ich doch nicht. Oder meint ihr, die Arschgeigen hätten mir was gesagt!“

Von der gegenüberliegenden Wand beobachteten Luke, Tom und Minh die steigende Spannung aufmerksam und stumm. „Arschgeigen! Jetzt auf einmal!“, zischte Pat, der wie ein Tiger zwischen Mo und dem Sofa hin und her lief und das Abtreffspiel völlig vergessen hatte. „Du und dein Kassenbuch, ihr hattet doch immer was mit den beiden zu besprechen.“

„Was willst du?“, schrie Mo und stand so plötzlich auf, dass der Stuhl nach hinten kippte und krachend auf dem Boden landete. „Kannst den Job gerne übernehmen, du Vollidiot. Müsstest bloß ein bisschen, ein ganz kleines bisschen Mathe können!“

Pat blieb stehen, stützte seine linke Hand in die Hüfte und hob den rechten Arm mit der geöffneten Hand in die Höhe, als wollte er eine Ansprache halten. Dabei hatte er den Blick zu Boden gerichtet und sagte mit schneidender Stimme: „Fakt ist, du hast noch nie mehr als einen Fuffi eingenommen, und das auch nur alle Jubeljahre mal. Fakt ist, du ruhst dich auf unserer Arbeit aus! Oder meinst du, es beeindruckt irgendwen, dass du Zahlen in ein Heft malen kannst?! Fakt ist außerdem, dass hier irgendwas läuft, von dem wir alle nichts wissen!“

Mo drehte sich herum, gab dem Stuhl einen Tritt und lehnte sich ans Fenster. Einen Moment lang war es still. Die Blicke von Oskar, Sam und Mario wanderten von einem zum anderen. Auf der Dachkante des gegenüberliegendes Hochhauses saß eine der schwarzen Krähen, die den Koberg als ihr Revier betrachteten. Sie hüpfte ein Stück an der Kante entlang, hob plötzlich ab und segelte in die Tiefe. Mo sah unten, auf den verdorrten gelben Rasenflecken zwischen den Häusern, den Professor entlangschlurfen, der wie immer sein merkwürdiges Wägelchen mit all seinem Hab und Gut hinter sich her zog.

Mo wandte seinen Kopf ein wenig zur Seite und sagte noch einmal zu Pat: „Wisch deine Rotze auf."

In diesem Moment ging auf der gegenüberliegenden Seite des Raumes die Tür auf und die Zwillinge traten ein. „Was ist hier los?"

Die spindeldürre Ida und ihr ebenso dünner Bruder Adil hatten innerhalb von Sekundenbruchteilen die Spannung im Raum erfasst, als könnten sie die Wut und den Ärger als bunte Farbflecke wahrnehmen. Was sie sahen, war zähflüssig und rot. Normalerweise erhielt die Stimmung eine gewisse Leichtigkeit, wenn die beiden irgendwo auftauchten. Als hätte jemand mit den Fingern geschnipst und einen kleinen Funkenregen versprüht. Dabei waren Ida und Adil keine Witzkanonen und hauten auch keine Sprüche raus. Sie hatten es sich einfach antrainiert, auf Knopfdruck positive Energie zu verbreiten, die niemanden kalt ließ. Als wären sie ein Magnetfeld, das alle fröhlichen Kräfte verdoppelte und verdreifachte, während alles Negative sich verzog. Doch heute liefen sie gegen eine undurchdringliche Wand.

Adil runzelte sie Stirn und sah seine Schwester fragend

an. Im gleichen Moment drehte Mo sich weg vom Fenster: „Wieso seid ihr so spät?“ Dabei verschränkte er die Arme vor dem Bauch und sah die Zwillinge ernst an.

„Hört euch nur den Wichser an!“, rief Pat dazwischen, griff nach seiner Jacke, stürmte quer durch den Raum an Ida und Adil vorbei und knallte die Tür hinter sich zu.

„What?“ Adil verstand immer noch nichts und hob die Hand, als würde er ein Fragezeichen hinter Pat her senden. Mit dem lauten Scheppern der Tür setzten sich auch die anderen in Bewegung, packten zusammen und verließen eilig den Raum, als hätte ihnen jemand ein Zeichen gegeben. Adil und Ida sahen sich ein weiteres Mal fragend an, wussten jedoch, dass es keine Antwort geben würde, deshalb verließen auch sie das zehnte Stockwerk, noch ehe die Tür wieder zugefallen war.

3

Mo war plötzlich allein in diesem großen weißen Raum, den der geschniegelte Mann von der Koberg-Verwaltung ihnen aus unerfindlichen Gründen zur Verfügung gestellt hatte. Wollte der eigentlich was von ihnen? Das hatte Mo sich schon öfter gefragt. Doch in diesem Moment hatte er keine Zeit, darüber nachzudenken. Er stand immer noch hinter dem alten Schreibtisch mit den gedrechselten Beinen und starrte auf die Tür, durch die alle verschwunden waren. Die plötzliche Stille hallte in seinen Ohren. Er schluckte. Da war es wieder, dieses schwarze Loch, das ihn zuweilen aufsog wie ein überdimensionales unsichtbares Riesenmaul und ins Weltall spuckte, wo sein stämmiger Körper immer mehr in der Unendlichkeit verschwand.

Mo schloss die Augen. Mühsam strampelte er sich aus dem elenden Gefühl heraus, das ihn aufzufressen drohte. Sie ignorierten ihn einfach! Sie hielten ihn für einen Schwächling, der sich nach oben geschleimt hatte. Dabei hatte er nie damit gerechnet, irgendeine besondere Position bei den Crows zu bekommen. Er hatte eigentlich nur nicht Nein sagen können. Am Anfang fand er sich selbst am uncoolsten von allen Crows. Dieser Mo mit seiner Ordnungsliebe, seiner Leidenschaft für Listen und Haushaltsbücher, rang den anderen höchstens ein mitleidiges Lächeln ab, das bekam er zu spüren. Die Ordnungsliebe, die in ihm steckte, fanden sie einfach nervig. Genau wie sein Vater, der richtig wütend werden konnte, wenn Mo in seinen Augen mal wieder zu langsam war. Mos Lehrer lobten seine akkurate Handschrift, aber er zuckte jedes Mal zusammen, denn er wusste, mit welchen Sprüchen seine Mitschüler das in der Pause quittieren würden.

Dass Zachy, gerade dieser Zachy, seine Genauigkeit schätzte und dem blassen Moppel die Führung des Kassenbuchs übertragen hatte, fand Mo in manchen Momenten immer noch unglaublich. Zachy musste auf erstaunliche Weise einen Blick in seine Seele getan haben. Er war der Erste und Einzige, der erkannt hatte, dass Mos Ordnungsliebe etwas Gutes und Sinnvolles war. Schließlich hatten die Crows nun immer den Überblick über ihre Einkünfte!

Die vertikale Linie zwischen der Einnahmen- und der Ausgabenspalte in seinem Kassenbuch zog Mo gewissenhaft und mit dem Lineal. Dabei kroch seine Zungenspitze in den linken Mundwinkel und sorgte dafür, dass die schwarze Linie auch ja nicht verrutschte. Wie ein aufmerksamer Wächter verließ sie ihren Posten erst, wenn der Strich exakt in der Mitte der Seite saß und auf dem Weg dorthin nirgendwo ausgefranst war. Das interessierte wirklich niemanden, auch Zachy nicht, aber Mo machte es glücklich. Es brachte einen Schimmer von Sinn in dieses elende Leben.

Alles zusammen gab Mo so viel Kraft, dass er angesichts der Tatsache, dass Zachy und Oke so plötzlich verschwunden waren, ruhig bleiben konnte. Er fühlte sich sogar richtig wichtig. Die anderen mochten ihn zwar für einfältig und faul halten, aber er besaß etwas, das mit seiner Ordnungsliebe und Genauigkeit in engem Zusammenhang stand: Überblick und Weitsicht.

Mo spürte die Gefahr, die nun drohte, sollten Zachy und Oke sich tatsächlich aus dem Staub gemacht haben: Der totale Zusammenbruch all dessen, was sie im vergangenen Jahr aufgebaut hatten. Das Besuchsnetzwerk, den Einkaufssupport, die Kellerwacht – alles Aktivitäten, mit denen sie sich Achtung und Wertschätzung auf dem Koberg verschafft hatten! Und was noch wichtiger war: Vertrauen.

Denn dieses Vertrauen verschaffte den Crows Aufträge und ungehinderten Zugang zu Schränken und Schubladen, zu legalen und illegalen Geheimnissen jeglicher Art, die sich im Handumdrehen – und falls sich jemand traute – in bares Geld verwandeln ließen. Die Crows waren eine Größe auf dem Koberg, an der niemand vorbeikam, nicht mal Perschau, der Hausmeister (der schon gar nicht!).

Der Koberg mit seinen beiden Hochhauskomplexen, den neun Aufzügen und vier Terrassen, den vertrockneten Rasenflächen, dem Müll im Gebüsch und den nie endenden Sperrmüllhaufen war ihr Crowland.

Mo wandte sich um. Das war absolut kein Tag wie jeder andere! Nicht nur, weil er bei der heutigen Zusammenkunft so besonders schlecht weggekommen war. Mo kam wieder die Frage in den Sinn, die Oke in der letzten Versammlung gestellt hatte, als alles noch normal gewesen war. Normal, bis auf diese Frage. Mo hatte deutlich gefühlt, wie vorsichtig Oke sie formuliert hatte. Wie er sich bemühte, nur ja keinen Vorwurf darin aufkommen zu lassen. War diese Frage der Grund, warum Oke und Zachy nun verschwunden waren? Aber diese Frage hatte eher das Potenzial, die beiden auseinanderzubringen, als sie noch enger zusammenzuschweißen! Warum waren trotzdem beide verschwunden? Ließen sie die Crows einfach im Stich? Fingen sie woanders ein neues Leben an? Das gab es doch nur im Film und nicht auf dem Koberg.

Mo konnte sich einfach keinen Reim darauf machen. Aber es war ihm klar, dass an diesem Punkt nur eines half, damit nicht alles auseinanderbrach: Sie mussten noch intensiver arbeiten als sonst. Niemand auf dem Koberg sollte auf die Idee kommen, dass die Crows ein Problem haben könnten. Sie mussten zusammenhalten.

4

Oke hob den Kopf, schlug die Augen auf und blickte die staubigen Wände entlang. Wofür dieser halb unter der Erde liegende Betonbunker einmal gebaut, dann aber nicht mehr benutzt worden war, wusste niemand. War das ein Sprengstofflager gewesen oder sollte hier einmal gefährlicher Müll aufbewahrt werden? Offenbar hatte sich keiner dafür verantwortlich gefühlt und das Ganze sich selbst überlassen.

Zachy und Oke hatten den Bunker zufällig entdeckt, als sie einmal in das nahegelegene Wäldchen gegangen waren, um ihre Ruhe zu haben. Die Leute vom Koberg erzählten sich Schauermärchen über dieses grüne Fleckchen, das kaum größer war als ein Fußballplatz, aber voller Bäume und Gestrüpp stand. Nichts davon glaubten Oke und Zachy.

Als sie allerdings plötzlich dieses merkwürdige Pfeifen gehört hatten, das überhaupt keinen Anlass zu haben schien und wie ein gespenstisches Jammern klang, konnte sich selbst Zachy den Gedanken an einen Geist nicht verkneifen. „Ghost, du Penner, verzieh dich, oder meinst du, du könntest uns Angst machen?“, hatte er gerufen und Oke geraten, sich ruhig zum Pinkeln hinter einen Busch zu verziehen. Es reichte ihm, wenn er Okes Pissen hören musste, er wollte es nicht auch noch sehen.

Oke war daraufhin ein paar Meter weiter gegangen und hatte sich durch eine stachelige Brombeerhecke gequetscht – da war das Pfeifen noch deutlicher zu hören, als würde sich ein Luftzug durch eine Ritze zwängen. „Durchzug? Wo soll der denn herkommen?“ Zachy war ebenfalls durch die Brombeerhecke gekrochen und sie hatten sich genauer umgesehen. Dabei entdeckte Oke die von dichtem Holunder überwucherte Bunkertür, die einen winzigen Spalt offen stand. Sie bogen das Gestrüpp beiseite, schoben die eiserne Tür auf und betraten den dämmrigen Raum, der weit in die Tiefe gebaut war. Die schmalen Schlitze der Oberlichter warfen ein wenig Licht herein. Oke und Zachy wurde sofort klar, dass das auch das Einfallstor für den Wind war, der sich durch die Ritzen drängte und das Pfeifen verursachte.

Und noch etwas anderes hatten sie sofort verstanden: Das war ein idealer Unterschlupf für die Crows! Zachy besorgte ein Vorhängeschloss, zu dem nur er den Schlüssel besaß. Je weniger Leute sich hier herumtrieben, umso besser, war seine Devise. Wenn sie dort im Sommer ab und zu mal mit den anderen zusammen abhingen, ließ er nur selten einen von ihnen in den Bunker hinein. Draußen gab es genug zu tun.

Oke versuchte sich zu erinnern, wann er das letzte Mal hier gewesen war. Es musste irgendwann im Frühjahr gewesen sein, das Wäldchen war noch licht und nicht so dicht belaubt wie jetzt. Er hatte mit Zachy zwei Gartenstühle vom Sperrmüllhaufen hergebracht, außerdem etwas Geschirr, das Okes Mutter nicht mehr brauchte, und eine Kiste Marshmallows, die Zachy am Kiosk abgestaubt hatte. Das Verfallsdatum war überschritten, deshalb hatte NPO, der Kioskbesitzer, ihm die Kiste geschenkt. „Die können wir super fürs nächste Grillen gebrauchen“, meinte Zachy. Seitdem stand sie ungeöffnet in der Ecke.

Der Bunker im Wäldchen hinter der Straße, die den Koberg in südlicher Richtung begrenzte, war die meiste Zeit über einfach nur das Lager der Crows. Wasserflaschen,

Grillzeug, Kohle, eine alte Holzbank, die Gartenstühle, einige Dinge, denen niemand auf die Spur kommen sollte, all das verwahrten sie hier. Manchmal im Sommer kamen sie her, um einen ungestörten Abend zu verbringen, zu grillen, zu chillen und von niemandem mit irgendeinem Auftrag belästigt zu werden.

Alle akzeptierten, dass Zachy auch hier über die Sache bestimmte. Es machte Vieles einfacher, wenn einer wusste, wo es langging. Die Crows genossen es einfach, ungestört beisammen zu sein. Wir sind nicht wie die anderen! In solchen Momenten spürten es alle, und dieses Gefühl beflügelte jeden Witz, den einer in die Runde warf und jede gelungene Geschichte, die einer erzählte. Irgendetwas Großes war da plötzlich, das sonst im Alltag kaum aufleuchtete: Wir finden uns mit diesem Koberg nicht einfach ab, sondern erheben uns in die Luft, wie die Krähen. In solchen Momenten schrumpfte all das, was sich tagtäglich mies anfühlte, auf Staubkorngröße zusammen.

Oke betrachtete die schmalen Lichtschlitze oben an der Betonwand. Das waren einfache Öffnungen, die sie mit einem Fliegengitter versehen hatten, um Tiere davon abzuhalten, hereinzuschlüpfen. Luft hatte er also genug. Er konnte sehen, dass die Sonne schon tief stand, vermutlich war es früher Abend. Zachy hatte ihm nicht mal das Handy gelassen, so dass er weder wusste, wie spät es war, noch telefonieren konnte.

Zuerst hatte Oke damit gerechnet, dass Zachy nach ein paar Stunden zurückkommen würde, um ihn rauszulassen. Je mehr Zeit verging, desto unwahrscheinlicher wurde es. Also doch eine Strafaktion? Und auch noch eine der verschärften Art!

Oke erinnerte sich plötzlich wieder an die Sache mit Alex. Vor einem Dreivierteljahr hatte der nichts mehr von den Crows wissen wollen. Es war das erste und einzige Mal gewesen, dass so etwas vorgekommen war. Alex hatte keine Lust mehr auf Crow-Versammlungen, Abzockberichte und Gang-Rituale, auf Kontrollgänge durch die Hochhaussiedlung und Samstagabende im Keller gehabt. Er brauchte Zeit für sein Leichtathletiktraining. Viel Zeit, denn er war in die Leistungsstaffel aufgestiegen. Zachy war ausgeflippt damals im Keller. Unter seinen Beschimpfungen war der baumlange Alex richtiggehend geschrumpft. „Du verrätst unsere Sache, du mieses Stück Scheiße!“, hatte Zachy geschrien und Pat und Oskar befohlen, Alex festzuhalten. Er holte sein Messer aus der Hosentasche und ritzte drei Krähenschnäbel – drei dünne Vs – in Alex' Unterarm. „Damit du weißt, wo du hingehörst!“ Aber es hatte nichts genützt, Alex war einfach nicht mehr aufgetaucht und kurze Zeit später mit seinen Eltern weggezogen.

Niemand hatte ein weiteres Wort darüber verloren. Erstaunlich eigentlich, dachte Oke, aber auch in gewisser Weise typisch, und er fragte sich, ob das für seine eigene Lage etwas Gutes oder etwas Schlechtes bedeutete?

Bevor es immer dunkler wurde, musste er sich allerdings umschauen, ob er nicht irgendetwas finden konnte, das bequemer war als der harte Betonboden. Er würde wohl auch die Nacht hier verbringen müssen.

5

Nathan Ogonio, den alle auf dem Koberg nur NPO nannten, öffnete den Kühlschrank seines Kiosks, holte zwei Bierdosen heraus und stellte sie auf die Theke. Herr Michel aus Block B, dreizehnte Etage, legte ein paar Euro auf den geblümten Teller: „Danke, Petermann." Er nahm die beiden Dosen und ging.

Nathan tippte sich mit zwei Fingern an die Stirn und murmelte: „Tschüss, Arschloch." Dann legte er die Arme ineinander, lehnte sich an die Rückwand des Kiosks und schloss die Augen. Er versuchte das Wort aus seinem Kopf zu radieren. *Petermann*! Als er vor fünf Jahren entgegen aller Wahrscheinlichkeit der neue Besitzer des Kiosks geworden war, hatte Michel noch am selben Tag dieses überflüssige *Petermann* in seinen Namen implantiert und ihn gleichzeitig auf die Kurzformel NPO zusammengestaucht. Einige Leute waren dabei gewesen, darunter ein paar Kinder, die neugierig beobachteten, welche Süßigkeiten Nathan in die Glasbehälter füllte. Als Herr Michel, der im Unterhemd zum neu eröffneten Kiosk gekommen war, mit seinem Petermann und der Formel NPO anfing, hatte einer der umstehenden Männer sofort gerufen: „Cool, hört sich an wie eine Geheimorganisation."

„Oder eine Partei", warf ein anderer von hinten ein. „National Proud Organization!"

Da meinte dieser Michel sofort: „Nein, wir sind hier in Deutschland! Wenn schon, dann Nationale Panther-Organisation." Und alle lachten über diesen Blödsinn.

„Neue Protest-Onkels", schlug eines der Kinder vor, und ein Junge sagte: „Nuss-Paprika-Omelett." Aber keiner der Männer zeigte irgendeine Reaktion darauf. Nur

Nathan hatte dem Jungen zugezwinkert und eine Runde Brausebonbons an die Kinder verteilt.

„Und wieso *Petermann*?“ Nathan hatte keinen Bock auf diesen zusätzlichen Namen, der so überflüssig war wie eine zweite Nase oder ein sechster Zeh. Er hatte doch einen Namen, und der reichte ihm völlig.

„Petermann? Ach, vielleicht erkläre ich dir das später mal. Aber kürzer ist besser! NPO ist super“, beschloss Michel. „Hört sich wenigstens nicht nach Afro an. Oder sollen wir dich lieber NO nennen?“

Wieder dieses Gelächter. Nathans Fingerknöchel waren weiß geworden, so fest hatte er sich damals an seiner Theke festgehalten. Aber er hatte es hingenommen, denn das kannte er schon: Bloß keinen überflüssigen Ärger anfangen.

Vor etwa einem Jahr hatte Michel ihm dann endlich erklärt, was es mit diesem Petermann auf sich hatte. Das war ein Schimpanse im Kölner Zoo, der 1947 als Jungtier mit dem Schiff nach Europa gebracht worden war. „Ähnlichkeiten sind nicht von der Hand zu weisen“, sagte Michel und hatte wieder dieses feiste Grinsen im Gesicht, „mit dem Schiff und so.“

Nathan Ogonio war das Lutschbonbon in den Hals gerutscht. Nur der spontane Einsatz eines Jungen, der erst kurz zuvor hierhergezogen war, hatte ihn gerettet. Mit kräftigen Schlägen auf den Rücken hatte dieser Junge ihm aus der Klemme geholfen, und das Bonbon war wieder zum Vorschein gekommen. „Hi, ich bin Zachy von den Crows“, sagte er, als wäre es wichtig für Nathan zu wissen, dass es die Crows hier gab.

Nathan war wenig begeistert. Bloß nicht noch so eine Gang im Viertel, er hatte schon genug von diesen Rubnow-

Typen, die sofort aufgetaucht waren, nachdem er den Kiosk übernommen hatte. Jeden Monat kamen sie an und wollten Geld, damit sein Kiosk „gesund“ bliebe, wie sie es nannten. Als er ihre Aufforderungen ignorierte, stand plötzlich einer der Mülleimer vor seiner Bude in Flammen. Nathan hatte gerade noch verhindern können, dass die Flammen auf den Kiosk übergriffen. Seitdem zahlte er.

Was wollte ihm der neue Junge mit dem Hinweis auf die Crows sagen? Krähen? War das irgendein Vogelschutzverein? So sah dieser Zachy allerdings nicht aus. Eher wie einer von der Sorte große Klappe, nichts dahinter. Nathan kannte sie alle, diese großmäuligen Kerle, die sich an seinem Kiosk ein Bierchen nach dem anderen reinzogen und ihre Sprüche klopften. Ihre Pläne reichten bis nach Amerika, Peking oder Dubai, sie warfen sich gegenseitig die tollsten Jobs, die sie in einer undefinierbaren Zukunft einmal haben würden, wie Spielbälle zu. Und dann ging's auch schon um das Geld, das demnächst in Hülle und Fülle auf ihrem Konto eintrudeln und niemals aufhören würde zu fließen.

Oh ja, diese Leute kannte Nathan gut, ihre Geschichten hörten niemals auf zu wachsen, sie vermehrten sich wie der süße Brei im Märchen, und am nächsten Tag standen sie wieder am Kiosk und nächste und übernächste Woche auch. Nathan strich sich durchs Haar und band seinen Zopf neu. Er dachte das, was er immer dachte, wenn er diese Männer vor Augen hatte: Ohne diese Geschichten sähe ihr Leben trüb aus!

In Acht nehmen musste er sich vor Leuten wie Michel. Der war auch ein Angeber, aber einer von der verschlagenen Art, von dem man nicht wusste, was er in seiner Anderthalbzimmerwohnung ausbrütete. Seine Andeutungen über eine große Weltverschwörung, der man sich entgegenstellen musste, verhießen jedenfalls nichts Gutes, auch wenn die meisten anderen, die am Kiosk abhingen, ihn einfach für einen Spinner hielten. Nathan war sich sicher, dass er vor diesem Michel auf der Hut sein musste, auch wenn er keinen Beweis dafür hatte.

Der geschniegelte Typ von der Koberg-Verwaltung fiel in dieselbe Kategorie und schrie geradezu nach einem gehörigen Maß an Misstrauen. Wäre der vor fünf Jahren schon dabei gewesen, als es um die Kiosk-Vermietung ging, hätte er das heruntergekommene Ding mit dem roten Dach sicher nie bekommen, dachte Nathan.

Und Zachy? Seit ihrer ersten Begegnung, bei der er Nathan vor dem Ersticken gerettet hatte, kam er regelmäßig zum Kiosk und half Nathan. Dabei trug der Junge mit dem hauchdünnen Ansatz eines Bartes immer das gleiche blaue T-Shirt. Er fing Gespräche an, die meistens mit Fußball begannen und fast immer mit Zachys Vater endeten. Der war angeblich ein Spezialist für Flugzeugkonstruktionen und in aller Welt unterwegs, um Forscher bei der Entwicklung neuer Technologien zu unterstützen.

Nathan war sofort wieder misstrauisch geworden, was war das bloß für eine Geschichte. Zachy sah nicht aus, als würde er über viel Geld verfügen. Andererseits warf der Junge mit so vielen Fachausdrücken um sich, dass Nathan immer wieder erstaunt aufhorchte und seine Skepsis in Schach gehalten wurde. Wenn jemand das Bernoulli-Gesetz kannte und wusste, was eine numerische Simulation ist, ein Nurflügler oder ein Stingray, war die Wahrscheinlichkeit zumindest vorhanden, dass das mit dem Vater stimmte. Wie Zachy in einfachen Worten all diese Dinge erklärte und sogar nachfragte, ob er alles verstanden hatte, verblüffte Nathan immer wieder. Das war der größte Unterschied zu den anderen Gesprächen, die hier an der Reling seines Kiosks geführt wurden.

Außerdem trat kurze Zeit, nachdem Zachy aufgetaucht war, eine merkwürdige Veränderung ein. Die Rubnow-Gang stellte ihre monatlichen „Sicherheitsforderungen" sang- und klanglos ein. Keiner der vierschrötigen Typen tauchte mehr auf, und Nathan sah sie auch sonst nirgendwo mehr auf dem Gelände. Er nahm es mit Erstaunen zur Kenntnis, kam aber nicht dahinter, was der eigentliche Grund für ihr Verschwinden war.

Dafür stellte er fest, dass Zachy etwas hatte, das Nathan „das Dagobert-Gen" nannte. Er konnte mit Geld umgehen, er zählte es gewissenhaft und trug es für ihn auf die Bank. Zahlen waren Nathans *mission impossible* und er wollte sich am späten Abend nicht auch noch mit seinen Einnahmen beschäftigen. Am Ende des Tages packte er alle Münzen und Scheine in einen Beutel und nahm sie mit nach Hause. Am nächsten Morgen klingelte Zachy um halb acht, Nathan schlurfte verschlafen heran, öffnete seine Tür einen Spalt breit und reichte ihm den Beutel. Irgendwann am Nachmittag konnte er dann im Internet auf seinem Bankkonto sehen, wie viel er am Vortag eingenommen hatte. Das war's, und Nathan war sogar stolz auf diese geniale Lösung seines Zahlenproblems. So war es auf jeden Fall bequemer, der Junge machte das schon.

Als er jedoch einmal den Vorschlag gemacht hatte, er könne Zachy das Geld auch abends vorbeibringen, hatte Zachy sofort abgewunken. Dass Nathan zu ihm nach Hause kam, wollte er anscheinend nicht. Vielleicht ging er auch nur früh schlafen.

6

Pat und Oskar verloren kein Wort über die merkwürdige Versammlung, die sie gerade verlassen hatten. Pat hatte die Hände in den Hosentaschen vergraben und starrte verdrossen auf den fleckigen Boden. Seine Wut auf Mo verrauchte nur langsam. Oskar versuchte, den brodelnden Vulkan neben sich so gut es ging zu ignorieren. Er stützte den Ellbogen in Brusthöhe auf das Wort *Schlampe*, das jemand mit weißem Edding an die Metallwand des Aufzugs gekritzelt hatte, und betrachtete konzentriert die Zahlen, die eine nach der anderen aufleuchteten, als sie die Etagen nach unten fuhren.

Er kannte Pats Ausbrüche. Lange war Oskar ihm auf dem Koberg aus dem Weg gegangen, denn die Aggressivität, die Pat verströmte, schreckte Oskar ab. Von sich aus hätte er die Freundschaft mit Pat jedenfalls nicht gesucht. Erst als sie sich bei einer der Crow-Versammlungen begegneten und Pat sich lachend neben ihn aufs Sofa fallen ließ, hatte sie begonnen. So eine gute Laune sah Oskar an diesem Tag zum ersten Mal an Pat. Er hatte Oskar angelächelt und war mächtig stolz gewesen, dass Zachy ihn als neues Mitglied der Crows vorgestellt hatte. „Mit wem ich zusammenarbeiten will? Ich nehme einfach den hier“, hatte Pat auf Zachys Frage geantwortet, Oskar an der Hand gepackt und sie in die Höhe gehalten. Oskar hatte schlucken müssen, sich aber nicht getraut, etwas zu sagen.

Zum Glück war Pat nicht nur schlecht gelaunt, wie sich bald herausstellte. Er genoss es ebenso wie Oskar, nun nicht mehr allein durchs Gelände zu laufen und sich zu langweilen. Seit diesem Tag waren sie das Team, das dem Hausmeister auf die Finger schaute. Über den ärgerten sich nicht nur die Crows schon lange. Bei jeder sich bietenden Gelegenheit motzte er herum und schimpfte den Kindern hinterher, die angeblich ihren Müll überall liegen ließen. Wenn es aber darum ging, einen verstopften Abfluss zu reparieren oder ein defektes Schloss auszutauschen, konnte man lange auf ihn warten.

Im Erdgeschoß angekommen, sahen die beiden sofort, dass Perschau nicht in seinem Kabuff hinter der Glasscheibe saß. Das Rollo war heruntergelassen und zwischen Scheibe und Stoff klebte wieder das lächerliche Schild: Hausmeister dienstlich unterwegs. Pats Laune wurde noch schlechter. „Was bildet sich dieser Affe bloß ein?“, grummelte er und spuckte auf den Boden.

Oskar kickte mit der Fußspitze eine Zigarettenkippe Richtung Haustür. „Meinst du, der ist irgendwo im Haus unterwegs“, fragte er, „oder wo treibt er sich gerade rum?“

„Keller!“, antwortete Pat bestimmt, drehte sich auf dem Absatz um und stieß die Tür zum Untergeschoß auf. „Dieser Drecksack denkt echt, er kommt damit durch.“

„Hat er wieder zugeschlagen? Hast du einen Tipp gekriegt?“ Oskar hetzte hinter Pat die Treppen hinunter und sah, dass er nickte. „Du und deine Informanten!“ Oskar wusste, dass ein fettes Lob und etwas Bewunderung Pat manchmal beruhigen konnten. Und er bewunderte ja auch tatsächlich, wie gut Pat im Hochhausviertel vernetzt war. Immer gab es irgendwen, der irgendwas beobachtet hatte und es Pat erzählte.

„Kein Problem“, meinte Pat, „man muss nur mal ein bisschen Interesse zeigen, dann erzählen die Leute dir schon alles.“

Oskar zog eine Augenbraue hoch. Ihm gelang so was nie, und das war auch kein Wunder. Er hatte sich immer ein wenig dafür geschämt, dass er nicht wusste, was er sagen sollte, wenn er jemandem begegnete, den er eigentlich kannte. Lange Zeit war Oskar sich wie ein unsichtbares Objekt in diesem Hochhauskomplex vorgekommen. Er stritt nicht mit seiner Mutter um Geld, wie Pat es ständig tat, akzeptierte einfach, dass nie welches da war, dass er keinen Vater hatte und das Leben wenig zu bieten hatte.

Der Wunsch, irgendwo dazuzugehören, war auf wundersame Weise in Erfüllung gegangen, als Zachy ihn eines Tages angesprochen hatte. Zachy hatte auf der heruntergekommenen Schaukel des Spielplatzes gesessen und die Beine baumeln lassen. „Hey", hatte er plötzlich gerufen, „du da. Ich hab einen Job für dich!"

„Für mich?", hatte Oskar irritiert gefragt und nicht gewusst, ob der andere ihn nicht einfach nur verarschen wollte.

„Ja, für dich", hatte Zachy erwidert, „kannst du nicht ein paar echte Kumpels gebrauchen?" Damit war er von der Schaukel gesprungen und neben ihm her Richtung Komplex A gegangen. „Die Crows sind eine coole Truppe."

Seitdem war Oskar dabei.

Als er nun zusammen mit Pat unten im Keller angekommen war, verlangsamten sie ihr Tempo und gaben sich Mühe, leise zu sein. Ein brummendes Geräusch wies ihnen den Weg.

Zuerst kamen sie an den Gängen mit Privatkellern vorbei und bogen dann nach links Richtung Fahrradkeller ab. Kaum hatten sie den riesigen Raum betreten, in dem in ordentlichen Reihen hunderte Fahrräder standen oder von der Decke hingen, wurde der schleifende Brummton lauter.

Sie sahen Perschau in der Werkstatt, die sich dem

Fahrradraum anschloss. Er hockte am Boden und beugte sich über ein Rad, das am Boden lag. Dabei fuhr er langsam und vorsichtig mit der Schleifmaschine über dessen Rahmen. Er hatte fast die gesamte Farbe entfernt, es waren nur noch kleine rote Flecken übrig.

Pat und Oskar kamen heran und Pat stellte sich mit überkreuzten Armen rechts im Türrahmen auf. Oskar sah kurz zu ihm hinüber und pflanzte sich auf der linken Seite der Tür auf. Als der Hausmeister die Bewegung hinter sich bemerkte, drehte er sich erschrocken um. Aber schon im nächsten Augenblick wandte er sich wieder dem Fahrrad zu.

„Na, Perschau, mal wieder alles dienstlich?" Pat musste seine Stimme erheben, um die Schleifmaschine zu übertönen. Der Hausmeister machte einfach weiter. Pat folgte dem Kabel der Maschine mit den Augen, machte einen Schritt in die Werkstatt und zog den Stecker aus der Wand. Das Schleifgeräusch verebbte.

Perschau seufzte, legte die Maschine beiseite und erhob sich schwerfällig. „Was wollt ihr beiden Witzfiguren denn schon wieder?"

Er war nur wenig größer als Pat, aber um einiges breiter. Unter seiner blauen, ölverschmierten Latzhose trug er ein fleckiges weißes Unterhemd, aus dem dichte Brustbehaarung herausschaute. Er roch nach Schweiß. Die Hände in die Seiten gestemmt, sah er die beiden Jungen herausfordernd an. Doch an dem winzigen Zucken seines rechten Augenlids erkannte Pat, dass Perschau keineswegs so selbstsicher war, wie er tat, sondern das alte Spiel spielte: Angriff – Ahnungslosigkeit – klein beigeben. Pat ignorierte Perschau, schlenderte durch die Werkstatt, betrachtete alles interessiert und nahm dann eine der Farbdosen in die Hand. „Türkis! Coole Farbe“, sagte er. „Besser jedenfalls als das Rot, das vorher an dem Rad war.“

Perschau fasste sich an den nicht vorhandenen Schnauzbart. Vor drei Wochen hatte er ihn endgültig abrasiert, konnte sich aber immer noch nicht an die leere Stelle gewöhnen.

„War doch kaum noch zu sehen, so alt, wie das Schrottrad schon war.“

Pat stellte die Farbdose zurück. „Schrottrad, soso!“ Er schlenderte zurück zur Tür, lehnte sich mit dem Rücken gegen die Zarge und verschränkte die Arme vor der Brust. Oskar wechselte automatisch in die gleiche Position, sodass die beiden Jungs jetzt wieder synchron im Rahmen standen. Allerdings hatte Oskar trotz der regungslosen Miene, die er vor dem Spiegel geübt hatte, Herzklopfen. Hoffentlich lief die Situation nicht aus dem Ruder.

Perschau hob die Hände, als wollte er sagen: Ich hab keine Ahnung, wovon ihr redet!

Pat zog den Augenblick genüsslich in die Länge. „Von wegen Schrottrad. Da habe ich aber etwas anderes gehört.“

Perschau dreht den Jungs wieder den Rücken zu und bückte sich schwerfällig nach dem Kabel. „Was die Leute so reden!“

Pat war nun völlig entspannt. „Sie reden nicht nur, sie schauen auch genau hin!“

„Ach ja?!“ Perschau hatte sich wieder aufgerichtet, hielt den Stecker in der Hand und schlenkerte ihn ein bisschen hin und her. Oskar fürchtete einen Moment lang, der Hausmeister könnte ihnen den Stecker mitsamt dem Kabel entgegenschleudern, um sie wie lästige Fliegen zu verscheuchen.

Pat lächelte nur. „Perschau, Perschau, auch morgens um fünf hat der Koberg schon hellwache Augen."

„Und?"

„Da gibt's doch tatsächlich jemanden, der gesehen hat, dass unser lieber Hausmeister nicht nur die Schrotträder eingesammelt hat, sondern mit einer großen Zange auch so ein rotes, noch ziemlich gut aussehendes Rad von seinem Schloss befreit hat."

Die Vermutung, dass Perschau nicht nur die Räder mitnahm, die schon Ewigkeiten in irgendwelchen Ecken vergammelten, sondern sich ab und zu auch mal an einem neuen vergriff, machte schon lange im Viertel die Runde. Diesen Rädern verpasste er eine frische Farbe, versah sie mit allerlei Schnickschnack und verkaufte sie teuer weiter.

„Der war wohl kurzsichtig!" Perschau warf den Stecker kurz in die Höhe und steckte ihn dann geschwind in die Steckdose. Der Motor der Schleifmaschine setzte sich wieder in Bewegung.

Pat sprang sofort herbei, schnappte sich das brummende Ding und hielt es in die Höhe. „Nix da, kurzsichtig! Der hat sogar die Farbe erkannt und die große Klingel."

Als Perschau näherkam und nach der Maschine greifen wollte, musste Oskar schlucken. Doch Pat wich mit dem Ding nach links und nach rechts, nach oben und unten aus. Der Hausmeister hatte keine Chance.

„Wer soll das schon gewesen sein!", sagte er und hatte jetzt wieder die Hände in die Seiten gestützt.

„Laber nicht, Perschau, es ist ganz egal, *wer* dich gesehen hat. Wichtig ist nur, *dass* dich jemand gesehen hat. Für die Details ist die Polizei zuständig."

Oskar beobachtete gespannt, wie der Hausmeister reagieren würde und hoffte gleichzeitig, Pat würde die blöde

Schleifmaschine endlich ausschalten. Das Geräusch machte ihn nervös.

„Könnt ihr den Hals mal wieder nicht voll kriegen?" Perschau sagte das mit einer gewissen Resignation in der Stimme, und Pat merkte sofort, dass er gewonnen hatte. Er betätigte den schwarzen Schalter an der Maschine und das Schleifgeräusch verebbte ein zweites Mal. Dass der Hausmeister so schnell einknicken würde, überraschte ihn, zeigte aber auch, dass sie ins Schwarze getroffen hatten.

Perschau griff in seine Hosentasche und holte ein Bündel Scheine hervor, klappte sie auseinander und zog einen Schein heraus. „Ihr seid echt hartnäckige Geier! Soll das in alle Ewigkeit so weitergehen?"

Pat nahm den Schein und ließ ihn in seiner Hemdtasche verschwinden. „Ganz genau, in alle Ewigkeit! Pass lieber auf, was du tust. Und merk's dir endlich mal: Wir sind die *Crows*!"

7

Oke saß im Bunker immer noch an derselben Stelle auf dem harten Boden und schaute nach rechts oben, dorthin, wo winzige Staubteilchen im schräg durch den Fensterschlitz einfallenden Licht ein Leben wie auf einer Bühne führten. Im wenige Zentimeter entfernten Schatten waren sie nicht mehr zu sehen, als gäbe es sie dort gar nicht.

Oke schaute dem Schauspiel emotionslos zu. Er hatte in eine Art Überlebensmodus geschaltet, in dem all seine Gefühle weitestgehend heruntergefahren waren. Die Fragen, die zwischendurch in seinem Kopf aufblitzten, waren scharf wie Seziermesser. Würde irgendjemand ihn vermissen? Oder war er im Schatten dieses Bunkers genauso ausradiert wie die Staubteilchen? Was erzählte Zachy den anderen über das Verschwinden des zweitwichtigsten Mannes an der Spitze der Crows? Hatte er irgendeine plausible Geschichte für die anderen parat? Waren sie wie jeden Nachmittag im Viertel unterwegs zu ihren „Kunden" und machten alles wie immer? Auch Zachy? Oder was machte er? Hatte er den Plan vom blauen Meer, dem wolkenlosen Himmel und dem Boot, das sein Vater angeblich besaß, komplett erfunden oder stimmte zumindest ein kleiner Teil davon? War Zachy tatsächlich dorthin unterwegs?

Oke erinnerte sich daran, wie oft von dieser Reise schon die Rede gewesen war. Einmal sah es tatsächlich so aus, als würde es losgehen. Es war an einem Nachmittag, an dem sie zusammen im Schwimmbad gewesen waren. Da bekam Zachy eine Nachricht auf sein Handy, die ihn aufgeregt aufspringen ließ. Er raffte seine Sachen zusammen und rannte strahlend davon. „Mein Vater ist da, es geht los!“, rief er noch. Das war das einzige Mal gewesen, dass Oke und Zachy nicht gemeinsam vom Schwimmen nach Hause gefahren waren.

Oke hatte sich gefreut, dass dieser Vater, von dem Zachy so oft sprach, endlich mal auftauchte. Wenn er hörte, wie stolz Zachy auf seinen Vater war, wünschte er sich insgeheim, so auch über seinen eigenen Vater sprechen zu können. Aber der war nichts Besonderes, arbeitete irgendwo bei der Stadtverwaltung und fuhr ansonsten gerne Fahrrad. Er wollte Oke immer dazu überreden, doch einmal mitzukommen, doch Oke hatte noch nie Lust dazu gehabt. Sein Vater war so langweilig, fragte immer die gleichen Dinge und fing immer wieder davon an, dass sie bald umziehen würden, weg aus diesem Hochhausviertel in ein eigenes Haus. Doch das passierte nie.

Zachy dagegen hatte einen Vater, der irgendeinen technischen Beruf hatte und in der ganzen Welt unterwegs war, um Schiffe oder Flugzeuge zu bauen oder zu reparieren, Oke wusste es nicht mehr genau. Auf jeden Fall kündigte er immer wieder spannende Dinge an, die er mit Zachy unternehmen wollte, wenn er wieder nach Hause kam. Heißluftballon fahren oder auf die Kart-Bahn gehen und so was. Das hörte sich richtig cool an.

Oke war nur am Anfang mal ins Grübeln gekommen, als er sich fragte, warum Zachy und seine Familie eigentlich in diesem Hochhauskomplex wohnten, wenn der Vater doch so einen Knaller-Job und jede Menge Kohle hatte. Das konnte man von den meisten anderen Bewohnern hier nicht sagen. Doch Oke hatte nie den richtigen Zeitpunkt gefunden, Zachy danach zu fragen. Sie waren schließlich Freunde und da verboten sich manche Fragen ganz von selbst. Gespräche, wie Oke sie mit Leo geführt hatte, gab es mit Zachy nicht.

Meistens redeten sie überhaupt nicht allzu viel miteinander. Und wenn, dann ging es entweder um Fußball oder um Zachys Vater. Oke stellte gerne ein paar Fragen, um das Gespräch am Laufen zu halten. Es gefiel ihm, wie begeistert Zachy dann war, der ansonsten eher abschätzig über Leute redete.

Wenn Oke an dieses eine Mal dachte, als Zachy so schnell aus dem Schwimmbad verschwunden war, fiel ihm wieder ein, dass er ihn zwei Stunden später vom Balkon aus missmutig übers Koberg-Gelände schlurfen gesehen und sich gewundert hatte, wieso er offenbar doch nicht mit seinem Vater unterwegs war. Als er am nächsten Tag danach gefragt hatte, hatte Zachy nur unwillig geantwortet und nichts Genaues preisgegeben. Irgendein dringender Auftrag des Vaters war wohl doch dazwischengekommen, soviel hatte Oke verstanden und nicht weiter nachgefragt. Zachys schwelende Wut hatte ihn davon abgehalten.

Am nächsten Tag waren sie wieder ins Schwimmbad gegangen und hatten den Krähen zugesehen, die wie üblich in den Bäumen hockten, auf Absperrungen, Lautsprechern oder Metallstangen Halt machten und den passenden Moment abwarteten, um sich an mitgebrachtem Essen zu bereichern. Zachy trug eine Sonnenbrille, doch Oke merkte genau, dass auch sein Blick an den Krähen klebte. Oke war nur dann von ihnen fasziniert, wenn sie dicht über die Wasseroberfläche segelten und die Spiegelung ihre Bäuche blau aussehen ließ. Ansonsten betrachtete er die schwarzen Räuber mit einer Mischung aus Faszination und Widerwillen: „Scheißkrähen! Komisch, dass die keiner vertreibt! Hast du nicht eine Steinschleuder?“

Den Blick, den Zachy ihm daraufhin zuwarf, würde er nie vergessen. Er nahm seine Sonnenbrille für drei Sekunden ab und sah Oke derart verächtlich an, dass ihm die Spucke wegblieb. Nachdem er die Brille wieder auf seine Nasenwurzel geschoben und mit der Zunge geschnalzt hatte, sagte Zachy kurz und schneidend: „Dummkopf", schaute wieder nach vorne und machte eine Pause, die Oke die Gelegenheit gab, sich noch ein bisschen schlechter zu fühlen.

Während auf der gegenüberliegenden Seite des Beckens eine Krähe an einem Handtuch zerrte, unter dem eine Tüte Erdnussflips liegen geblieben war, wartete Oke mit Herzklopfen darauf zu erfahren, warum er wohl so schrecklich dumm war. Zachy murmelte: „Sie sind schlau. Schlauer als manche Leute auf dem Koberg!" Dann schaute er weiter der Krähe zu, die einige Flips aus der Tüte fischte und den Rest der nächsten überließ.

„Superschlau!" Wieder machte Zachy eine Pause. „Wenn du Idiot dich mal konzentrieren würdest, könntest du es auch sehen."

Oke rebellierte innerlich gegen den Vorwurf, schluckte eine Antwort aber herunter. „Und was soll ich da sehen außer einer Horde Räuber?"

Zachy lachte kurz und höhnisch auf: „Eine hochintelligente Crew, die uns vormacht, wie das Leben sein soll!"

„Ach nein, im Ernst?!", dachte Oke, schwieg aber lieber.

„Die sind solidarisch, halten zusammen und teilen ihre Beute, so, wie es in einer richtigen Family laufen soll. Siehst du das denn wirklich nicht?!"

Oke dachte: „Die halten doch gar nicht zusammen, das sind Einzelkämpfer. Eine jagt der anderen das Brotstück ab, wenn nicht genug davon da ist." Aber er behielt auch das für sich.

Zachy redete immer weiter, er war noch längst nicht fertig mit seinen Erkenntnissen. Wenn er sich an einem Gedanken festgebissen hatte, kam er nicht so schnell an ein Ende, das wusste Oke schon und blieb bei seinem Schweigen. Er hörte Zachy zu und schaute hinauf in die ausladenden Kronen der Kiefern, in die sich ein Teil der Krähen zurückgezogen hatte. Sanft wiegten sich die grünen, mit langen Nadelbündeln bewehrten Äste vor dem stahlblauen Himmel. Oke fiel auf, dass dort oben Wind sein musste, den er am Boden nicht spürte.

Zachys Gedanken wucherten immer noch weiter, bis er plötzlich sagte: „So müssen wir das auch machen!"

Das war der Anfang der Crows.

Auch wenn Zachy an diesem Tag noch nicht davon gesprochen hatte, nahm die Idee in den folgenden Tagen doch immer mehr Gestalt an.

„Eine Gang?"

„Nein, keine Gang, sondern etwas viel Besseres!"

„Was denn?"

„Ein Clan, der zusammenhält, ein Bund, ein Pakt – die Crows eben. Family."

Oke erhob sich von der Matratze und angelte nach einer Flasche Wasser.

Er erinnerte sich gut an ihre Gespräche, die plötzlich Fahrt aufgenommen hatten, und wie es ihm mit all dem, was Zachy da entwarf, genauso ergangen war wie mit den Krähen. Es war ein anziehender Gedanke, eine Crew zu haben, die zusammenhielt. Aber wo sollten die Leute, die man dafür brauchte, herkommen? Vom Koberg?

Oke kannte dort nicht viele Jugendliche, die meisten waren ihm zu blöd. Sie hatten entweder etwas mit Drogen zu tun, blieben für sich oder gingen in den Boxclub, den Oke ebenfalls wenig anziehend fand. Außerdem sprachen seine Eltern ja davon, dass sie bald in eine andere Gegend umziehen würden. Warum nie etwas daraus wurde, wusste Oke nicht. Eigentlich fühlte er sich ziemlich allein auf dem Koberg und nur dann wirklich gut, wenn er an die gemeinsamen Ferien mit Leo dachte. Deshalb fand er den Gedanken, eine Crew zu haben, tatsächlich gar nicht so schlecht. Aber was sollten die Crows eigentlich tun?

„Sie nehmen sich, was sie brauchen!“, war Zachys glasklare Ansage.

Oke überlegte, was er wirklich brauchte, was ihm wirklich fehlte. Leider schaffte es niemand, die Zeit zurückzudrehen. Ansonsten brauchte er tatsächlich etwas mehr Leichtigkeit, einen Alltag, der sich nicht so schwer anfühlte. „Und wie kommt man da ran?“

„Mit Fingerspitzendings!“, meinte Zachy selbstgewiss von seiner Liege am Schwimmbeckenrand aus.

„...gefühl!“

„Ja, genau. Du wirst es sehen. Die Leute besitzen unendlich viele Dinge, die sie gar nicht brauchen! Was da in all den Schubladen vor sich hin gammelt, unglaublich.“

„Und das nehmen wir uns einfach?“ Bei diesem Gedanken war Oke die Lust auf die Crows gleich wieder vergangen. So was brauchte er nicht.

„Genau!“

„Aber –“

„Nix aber! Schau dir doch die Krähen an.“

„Ja, aber –“

„Mann, du mit deinem blöden Aber! Kannst du dir gefälligst mal die Weltlage anschauen? Haben wir eine Zukunft, in der man noch irgendetwas Vernünftiges tun kann? Die Zukunft ist ein Kampf um's Überleben!"

Oke hatte Zachy schon öfter so negativ von der Zukunft sprechen gehört. Er sah ziemlich schwarz für die Menschheit. Klimawandel, Wasserknappheit, Kriege nannte er in einem Atemzug und fantasierte sich einen starken Mann zusammen, der das in den Griff kriegen sollte. Oke hatte das nie besonders ernst genommen. „Neue Probleme, neue Ideen!", sagte Okes Vater immer.

Plötzlich fiel Oke auf, dass er das völlig kritiklos aufgesogen hatte und in der gleichen Zuversicht lebte. Ehrlich gesagt, machte er sich wenig Gedanken um die Zukunft. Aber wieso sah Zachy so schwarz? Sein Vater war doch anscheinend jemand, der Probleme anging und ständig Neues entwickelte. Wieso hatte sein Sohn dann so negative Gedanken?

„Natürlich alles legal!", hatte Zachy dann zum Schluss noch hinzugefügt. „Die Crows sollen doch keine Verbrecherbande sein. Ganz im Gegenteil, *Good for Good* ist die Devise. Etwas geben und etwas bekommen! Wie viele Leute wohnen auf dem Koberg, die ein bisschen Hilfe gebrauchen können. Und die bezahlen natürlich gerne und freiwillig dafür!"

Als er jetzt im Bunker daran dachte, erinnerte sich Oke an die Erleichterung, die ihn bei Zachys letzten Sätzen erfasst hatte. Nichts Illegales, sondern was Gutes. Mit dem Gedanken an eine Gruppe von Freunden, mit denen zusammen der Koberg ein bisschen mehr Heimat sein konnte, hatte sich ein leuchtendes Gefühl in ihm ausgebreitet. Okay, wenn dabei auch noch ein bisschen Geld heraussprang, umso besser. Obwohl das für Oke nicht so wichtig war. Er bekam Taschengeld und auch sonst meistens das, was er wollte.

Erst später hatte er sich gefragt, warum Zachy so auf den Gewinn abfuhr. Geld sollte auch für Zachy kein Problem sein. Dann musste es ihm doch auch in erster Linie auf ein paar gute Freunde ankommen.

Mit diesem Gedanken hatte Oke damals alle Zweifel beiseitegeschoben.

Viel wichtiger war in diesem Moment die Frage: Wie sollte er aus dem Bunker wieder herauskommen? Er konnte absolut nichts tun als abzuwarten. Oke spürte instinktiv, dass es wichtig war, nicht aufzugeben, sondern wenigstens das zu tun, was möglich war. Eine Stimme in seinem Kopf sagte ihm, eine kleine Wasserflasche zu öffnen und daraus zu trinken, einen Müsliriegel zu nehmen und zu kauen. Die Sitzposition zu wechseln.

Oke stand auf, schlurfte zum Eingang des Bunkers und schlug mit der Faust gegen die eiserne Tür. Vielleicht gab es ja doch jemanden, der vorbeikam und ihn hörte.

8

Ida und Adil standen in der siebten Etage nebeneinander vor der Tür von Willy Pempelfort und hatten die Köpfe gesenkt, als bräuchten sie einen Anlauf oder müssten sich besonders konzentrieren. Wer sie kannte, hätte nicht gedacht, dass das nötig war. Ida und Adil fiel es doch immer leicht, ihren Charme zu verbreiten und Menschen gleich welchen Alters in ein Gespräch zu verwickeln. Aber das hier war etwas anderes. Niemand hätte vermutet, dass sie sich in diesem Moment nicht so einig waren, wie es von außen wirkte. Wenn es um die Frage ging, was sie hier eigentlich wollten, hätte es zwei sehr unterschiedliche Antworten gegeben. Das *Good for Good*, das von Anfang an die ursprüngliche und eigentliche Aufgabe der Crows gewesen war, fand Ida vollkommen in Ordnung und höchst sinnvoll. Adil hatte das anders verstanden, und nicht nur einmal waren sie darüber in Streit geraten.

Sie schauten sich noch einmal an und Ida legte die intensive Bitte in ihren Blick: „Halt die Finger bei dir!“

Adil nickte ihr zu und Ida drückte den Klingelschalter. Es dauerte eine Weile, dann hörten sie von drinnen Schritte. Die Tür wurde einen Spalt weit geöffnet und ein von wirrem weißen Haar umrandetes Gesicht erschien, das ihnen verschmitzt entgegenlächelte. „Da seid ihr ja! Kommt rein in die gute Stube“, flötete Willy Pempelfort und öffnete weit die Tür. Dabei streckte er seinen rechten Arm aus und verbeugte sich. Ida, die hinter Adil eintrat, erwiderte die Verbeugung und grinste.

„Geht nur vor, ich komme gleich“, rief er ihnen hinterher, schloss die Wohnungstür und verschwand in seinem Schlafzimmer.

Ida und Adil betraten den großen, fast leeren Raum, der von Sonnenlicht überflutet wurde. Adil ging schnurstracks zum Fenster und zog den Vorhang zu. Dabei warf er einen Blick auf das niedrige Tischchen, auf dem schon die Kaffeetassen standen, inklusive der kleinen Eierlikörgläser und der dazugehörigen Flasche mit dem zähen gelben Inhalt.

„Nicht schon wieder!", stöhnte er und verzog das Gesicht. „Ich krieg das Zeug nicht runter. Das ist was für Omas, aber doch nicht für Seemänner!"

Ida lachte. „Willy ist halt beides! Und noch viel mehr."

Adil schnalzte mit der Zunge, als wollte er sagen: „So ein Quatsch!" Dann ließ er sich auf einen Sessel fallen.

Willy Pempelfort brachte ihn und seine Schwester auseinander, das war klar. Adil sah in ihm nur einen alten, schwachen Spinner, der es verdient hatte, abgezockt zu werden. Ida mochte Willy einfach und bewunderte ihn für seinen Mut, sich seinen geheimsten Wünschen hinzugeben.

Sie setzte sich ebenfalls, ließ ein Bein über die Sessellehne baumeln und betrachtete die gegenüberliegende Wand, die beide immer wieder zum Staunen brachte. Willy Pempelfort hatte sie eigenhändig mit grünen und blauen Farben in eine Tiefseelandschaft verwandelt. In diesem ganz persönlichen Willy-Pempelfort-Meer schwammen sagenhaft viele Fische und merkwürdige Lebewesen. Einige hatten spitze Zähne und rot unterlaufene Augen, andere Stachelschuppen oder waren lang wie Schlangen. Manche sahen aus wie mürrische, gefährliche Geister und trugen eine Verlängerung auf der Stirn, die wie eine Laterne aussah. Zwischen all diesen Ungeheuern dümpelte ein Schiffswrack herum. Ida fragte sich, warum hier keine Korallenfische herumschwammen, kein einziger bunter Anemonenfisch, kein Clownfisch, nicht mal ein kleines Seepferdchen.

Etwa in Hüfthöhe hatte Willy Pempelfort eine Reckstange angebracht, als wäre das die Reling, von der aus er einen Blick in die Tiefe wagte.

Die Geschichten, die er über seine Jahrzehnte als Matrose auf den verschiedensten Frachtschiffen dieser Welt erzählte, gehörten zum Standardrepertoire seit ihrem ersten Besuch. Ida und Adil waren eines Nachmittags an der Haustür mit dem dünnen alten Mann zusammengetroffen. Er schleppte einen schweren Koffer und war völlig außer Atem. Ida sah, dass er das schwere Ding kaum hochheben konnte, und gab Adil einen Stoß mit dem Ellenbogen in die Seite. Die beiden waren dem alten Mann schon öfter im Hochhausviertel begegnet und hatten überlegt, ob es sich wohl lohnen würde, ihn anzusprechen. Adil verstand sofort, was sie meinte: *Das ist eine gute Gelegenheit!* Er schnappte sich den Koffer, und wenig später saßen sie alle drei in Willy Pempelforts Wohnzimmer und hörten seinen Erzählungen zu. Es waren keine Abenteuergeschichten von einsamen Inseln und Begegnungen mit riesigen Walen – obwohl er all das gesehen hatte! Willy Pempelfort erzählte von harter Arbeit, sehr viel Langeweile, öden Häfen und einer Männerwelt, in der er sich vollkommen fremd gefühlt hatte.

Je öfter sie gekommen waren, desto mehr Vertrauen hatte der alte Mann gefasst, sich ganz langsam verwandelt und ihnen Seiten von sich offenbart, die er niemandem sonst zeigte.

Adil begann, auf seinem Sessel hin und her zu rutschen. Im gedämpften Licht des Raumes kam er sich langsam vor wie in einem U-Boot, in dem die Luft knapp wird. „Wo bleibt der denn nur", zischte er, „ich will endlich fertig werden." Er sprang auf und wollte aus dem Zimmer laufen, doch Ida hielt ihn zurück.

„Setz dich hin, er kommt gleich", versuchte sie ihren Bruder zu beruhigen. „Das weißt du doch."

„Ja, ja", grummelte Adil, „ ich hab aber keinen Bock aufs Warten und auch nicht auf diese affige Show, die er immer abzieht!" Genervt ließ er sich zurück in den Sessel fallen.

„Sei leise!", flüsterte Ida. „Wir haben doch sowieso nichts anderes vor. Außerdem war diese Woche der Monatserste und er war sicher bei der Bank. Vielleicht gibt es ja etwas, das wir für ihn tun können."

„Ich weiß auf jeden Fall, was *ich* für *uns* tun kann!", erwiderte Adil und lachte boshaft.

Ida warf ihm einen ungeduldigen Blick zu. „Lass es", zischte sie. „Wir brauchen das Geld doch gar nicht!"

„Oh, doch! Wir gehören zu den Crows. Außerdem macht es einfach Spaß."

Ida schüttelte den Kopf. Nie würde sie ihren Bruder verstehen. Warum war er manchmal so ganz anders als sie selbst? Bevor sie sich den Crows angeschlossen hatten, war sie ab und zu schon mal seine unfreiwillige Komplizin gewesen, wenn sie gesehen hatte, dass er im Supermarkt heimlich Brausebonbons oder Badekugeln hatte mitgehen lassen. Dabei mochte er weder das eine noch das andere, sondern schenkte es später dem nächstbesten Menschen, dem sie begegneten.

„Ist ja nur eine Fingerübung", hatte er damals ihren vorwurfsvollen Blick abgewimmelt, „das Leben ist doch schon langweilig genug!"

Sie betrachtete ihren Bruder, der gerade den Kopf in den Nacken legte und an die Decke starrte.

„Der Erste des Monats! Der ist gar nicht so günstig“, dachte Adil. „Viel besser ist der Dreizehnte oder der Vierzehnte.“

In diesem Moment schwebte Willy Pempelfort herein. In schwarzen Leggings und einem ärmellosen schwarzen T-Shirt tanzte er mit kleinen Trippelschritten durch die Tür und weiter durch den Raum, so dass sein bauschiger rosa Tüllrock nur so wippte. Dabei hielt er die faltigen Arme mit den vielen Tätowierungen elegant in die Höhe, wo sich seine Hände anmutig trafen. Er drehte sich mehrfach um sich selbst und machte dabei kleine Sprünge, bei denen er das vordere Bein ausstreckte. Nach dem letzten Sprung landete er an der Reling und hielt sich daran fest, beugte den Oberkörper nach vorne und hob gleichzeitig sein rechtes Bein nach hinten. Zurück in der Ausgangsposition, schwang er den rechten Arm nach rechts und machte gleichzeitig einen Knicks. Das wiederholte er mehrere Male, bevor er den linken Arm von der Stange löste, sich seinem Publikum zuwandte und wieder sein spitzbübisches Lächeln sehen ließ. Er verbeugte sich nach allen Seiten, als säßen noch weitere Menschen an weiteren Tischen in diesem Wohnzimmer, und machte wieder einen Knicks.

Adil verdrehte die Augen, aber so, dass Willy Pempelfort es nicht sehen konnte, und Ida begann wild zu klatschen und pfiff auf den Fingern.

„Kinder, ihr macht mich glücklich!“, rief Willy Pempelfort, kam zum Tisch und setzte sich graziös in den Sessel, der noch frei war.

Im selben Moment erhob sich Adil und stieß sich mit Schwung von den beiden Sessellehnen ab. „Ich gehe dann mal Kaffee kochen!“

„Das habe ich ja vollkommen vergessen!“ Willy Pempelfort sah ihm lächelnd hinterher. Dann hob er seine Hand und streichelte Ida über die Wange. „Ihr musstet heute lange warten, nicht wahr! Ich konnte mich einfach nicht entscheiden, welches Tutu ich anziehen sollte, das weiße oder das rosafarbene. Und ihr sitzt hier auf dem Meeresgrund und verhungert mir fast!“ Er ging zum großen Wohnzimmerfenster und zog den Vorhang wieder zurück. Dann öffnete er die Balkontür. Augenblicklich verwandelte sich das Zimmer in ein Meer aus Licht und leuchtenden blauen und grünen Farben.

In der Küche nahm Adil die Kaffeekanne von der Spüle und setzte Wasser auf. Zielsicher griff er nach der chinesischen Blechdose mit dem roten Drachenmuster und öffnete sie. Das war die Richtige! Er holte das dicke Bündel Scheine heraus. Willy Pempelfort hatte die äußerst praktische Angewohnheit, am Anfang des Monats gleich seine gesamte Monatsrente von seinem Konto abzuheben. Es war ihm lästig, immer wieder zur Bank gehen zu müssen, außerdem dachte er, dass das Geld bei ihm zu Hause sicherer war. Er wechselte immer wieder mal die Dosen und die Aufbewahrungsorte, das war er noch aus seiner Matrosenzeit so gewöhnt, deshalb musste Adil manchmal danach suchen. Aber es dauerte nie lange, bis er das Geld gefunden hatte, denn Willy benutzte immer dieselben Stellen.

Der Erste war noch nicht lange her, das sah man genau. Adil strich mit dem Daumen über die Scheine und überlegte, wie viele er nehmen sollte. Der Monatsanfang war deshalb schlecht, weil dann am meisten auffiel, wenn er zu viele nahm. In der Monatsmitte, wenn sowieso schon Scheine fehlten, konnte er ruhig einen mehr nehmen. Adil machte einen Schritt zur Tür und horchte, ob jemand kam. Er zog drei blaue Scheine aus dem Bündel und steckte sie sich in die Hosentasche. Dann stellte er die chinesische Dose wieder zurück und brühte den Kaffee auf.

Als er zurück ins Wohnzimmer kam, saßen Ida und Willy Pempelfort auf dem Fußboden. Ida machte einen Spagat und zeigte Willy, wie er den Schmerz am besten wegtrainieren konnte. Doch der alte Mann hatte wenig Hoffnung, dass er es in diesem Leben noch schaffen würde. Ida reichte ihm die Hand, damit er vom Boden hoch kam, und sie setzten sich an den Kaffeetisch. „Likörchen?“, fragte Willy Pempelfort in die Runde, dann wurde er plötzlich ernst. „Ich muss etwas Wichtiges loswerden!“

Adil warf Ida einen besorgten Blick zu. Hatte der Alte doch bemerkt, dass seine Geldbestände regelmäßig schrumpften? Würden sie es schaffen, sich dumm zu stellen?

„Ihr Lieben“, begann Willy Pempelfort, schaute kurz zu Boden und sprach dann mit belegter Stimme weiter, „es ist etwas passiert, das ich nie für möglich gehalten hätte!“

Er machte eine kleine Pause, und Adil dachte: „Nun sag schon, was los ist!“ Ida tippte nervös mit Ring- und Mittelfinger auf der Sessellehne herum.

„Ich bin ja so ein Pechvogel – normalerweise. Immer gerate ich an Leute, die mir nichts Gutes wollen. Ich kann nicht glauben, dass das wirklich wahr sein soll, aber ich habe“ – wieder machte er eine kleine Pause und Adil begann fieberhaft, über einen Ausweg nachzudenken – „plötzlich und aus heiterem Himmel“ – Willy Pempelfort begann zu lächeln. Als ginge die Sonne auf, verwandelte sich das Lächeln in ein strahlendes Lachen: „Geld, also viel Geld, unglaublich viel Geld, also, ich habe“, er brachte es kaum über die Lippen, „eine Erbschaft gemacht!“ Er brach in lautes Lachen aus. Ida und Adil lehnten sich erleichtert zurück und Ida klatschte, als hätte Willy eine neue Vorführung beendet. Willy konnte gar nicht mehr aufhören zu lachen. „Gebt's zu, ihr dachtet, jetzt kommt irgendwas sehr Trauriges, nicht wahr? Ich hab euch reingelegt!" Willy klatschte sich auf die Schenkel. „Aber das war nur für den Effekt! Das kann man doch nicht einfach so dahinsagen: Ich habe geerbt! Wie öde ist das denn!"

Ida lachte laut mit und hob den Daumen. „Das hast du echt gut hinbekommen, Willy! Wir dachten schon, jetzt kommt wer weiß was."

„Tod und Teufel, nicht wahr!? Das habt ihr mir zugetraut!" Willy Pempelfort war begeistert von seinem Coup.

„Und was machst du jetzt mit all diesem vielen Geld?", fragte Ida.

Willy Pempelfort nahm das Eierlikörglas und leerte es in einem Zug.

„Keine Ahnung! Ich weiß nur, ihr bekommt was ab. Wollt ihr es bar oder habt ihr eine Kontonummer?"

Ida schluckte. „Jetzt sofort? Wie viel soll das denn sein?"

Willy Pempelfort lächelte.

„Das können wir auf keinen Fall annehmen!", rief Adil heftig und sprang auf. „Außerdem müssten wir längst zu Hause sein!" Er stürmte nach draußen.

Willy Pempelfort machte große Augen. „Echt? Jetzt schon nach Hause?"

Ida stand auf und zuckte bedauernd mit den Schultern. „Sorry, hatte ich ganz vergessen! Oder hast du noch etwas Dringendes, das wir für dich tun können?"

Willy Pempelfort schüttelte den Kopf.

„Wir kommen wieder, wie immer, und dann reden wir noch mal über alles."

Willy Pempelfort warf ihr eine Kusshand zu und winkte Ida lächelnd hinterher. Dann goss er sich ein neues Glas Eierlikör ein.

Als Ida und Adil wenig später im zwölften Stockwerk in der sengenden Sonne auf der Terrasse standen und in die Tiefe schauten, herrschte unangenehmes Schweigen zwischen ihnen. Adil hatte kein Wort mehr gesagt, seit sie Willy Pempelfort verlassen hatten. Eine aggressive Spannung umgab ihn, sodass Ida sich kaum traute ihn zu fragen, was ihn denn bloß so wütend machte. Etwa die Aussicht auf Geld? Dann brauchte er es wenigstens nicht mehr zu klauen!

Ida startete einen Versuch, dem Schweigen die Luft zu nehmen. „Schau mal da unten, ist das Mo? Geht der etwa boxen? Seit wann das denn?“

Adil starrte weiter vor sich hin. „Lenk nicht ab!“

Ida schlug mit der Faust auf die Brüstung. „Was soll das heißen, lenk nicht ab!? Was ist mit dir los, du Spinner? Pempi redet von Geld und du flippst aus! Wieso? Du bist doch sonst immer so hinter seinem Geld her!“

Adil atmete hörbar aus. „Ja, genau, Pempi redet von Geld und du schwebst auf Wolke sieben! Bist du dumm, oder was? Merkst du nicht, wie absurd das alles ist?“

„Wieso absurd, ist doch cool!“

Adil schüttelte den Kopf. „Meinst du, wenn wir so viel Geld haben, gehe ich da noch einmal hin, um dem alten Knacker, der sich für eine Primaballerina hält, beim Hoppeln zuzusehen?“

Ida runzelte die Stirn. „Aber das können wir nicht machen. Der hat doch sonst niemanden, dem er was vortanzen kann!“

Adil stöhnte. „Du kapierst überhaupt nichts. Es geht um die Crows! Was sollen wir dann noch bei denen? Einfach nur das Geld abliefern?"

„Ist dir das zu langweilig? Dann musst du dir für deine Scheiß-Fingerübungen eben was anderes suchen!"

„Wenn ich viel Geld in die Finger kriege, dann bin ich weg von diesem Drecks-Koberg, darauf kannst du dich verlassen!" Trotzig trat er gegen die Brüstung. Er wusste, das würde nie geschehen.

Ida sah, wie sich unten auf der gelben Wiese zwei Krähen um etwas stritten.

„Seit Mama weg ist, läuft gar nichts mehr rund, da ist nur noch Abstieg. Oder hast du dir jemals vorstellen können, an so einem Ort wie hier zu leben?"

Eine der Krähen hatte das Stück erobert und hüpfte davon.

„Aber Papa tut doch alles, was er kann!"

Adil trat wieder gegen die Mauer, an der sie lehnten. „Ja, toll, ist aber nie da und wenn, total k.o."

Ida betrachtete ihren Bruder von der Seite und hatte plötzlich einen Kloß im Hals. Sie rückte ein Stückchen näher an ihn heran, umfasste seine Taille und schmiegte sich an seine Schulter. „Deshalb brauchen wir die Crows doch!"

Einen Moment lang blieben sie beide still in der sengenden Hitze.

„Lass dir bloß niemals einfallen, mich hier allein zu lassen!"

9

Mo öffnete die Tür des Boxclubs, und sofort schlug ihm der Geruch nach Schweiß und Gummi entgegen, den er so verabscheute. Aber hier war es wenigstens kühl. Die Trainingshalle war menschenleer und auch die Musik war schon ausgeschaltet.

„Kumpel, wir haben kurz vor geschlossen!", rief ihm Rami, der Besitzer, von der Theke zu. Er trocknete gerade ein paar Gläser ab, hielt inne und sah Mo mitleidig an. „Oder bist du zum Schrubben gekommen?"

Mo setzte sich auf einen der Barhocker und nickte.

„Na, nun mach mal nicht so ein Gesicht. Brauchst du Geld? Kein Problem! Arbeiten ist keine Schande! Ganz im Gegenteil. Außerdem passt das heute außerordentlich gut, denn die Matten haben's echt nötig."

Rami goss Orangensaft in ein Glas und stellte es vor Mo auf die Theke. „Hier, trink und lass den Kopf nicht hängen. Das bringt dich wieder auf Vordermann."

Mo blieb stumm auf seinem Barhocker sitzen und stierte vor sich hin. Der fröhliche Aktivismus, den Rami verbreitete, tat ihm gut. Mo war froh, dass Rami das Gespräch alleine führte und verstand, was er wollte.

Rami wischte das Spülbecken trocken und klemmte den Rand des Tuchs in eine Schublade. „Oder hast du ein Problem, über das du reden willst?"

Mo schüttelte den Kopf. Rami schnalzte mit der Zunge. „Dann geht's dir besser wie mir!"

Mo nahm einen Schluck O-Saft und dachte *„als* mir!", fand es aber vollkommen überflüssig, Rami darauf hinzuweisen.

Er stellte das Glas wieder ab. „Wer ist es diesmal, die Dealer?“

Rami kam hinter der Theke hervor und legte Mo ein Schlüsselbund vor die Nase. „Mit denen werde ich fertig. Diesmal kommt der Ärger von ganz oben. Die wollen mich hier raus haben. Keine Ahnung wieso. Das ist völlig bescheuert, denn das ist hier schließlich der Club, in dem alle, die nicht wissen wohin mit ihrer Energie, friedlich wie Lämmer werden!“

Mo nickte und wusste nicht, ob er wirklich verstanden hatte, wer da plötzlich etwas gegen den Boxclub hatte.

„Schließ nachher ab, okay? Nicht vergessen! Dein Geld kriegst du morgen, wenn ich gesehen hab, wie die Matten glänzen.“ Rami zwinkerte Mo zu, nahm seine Tasche und ging Richtung Ausgang.

Mo sah dem breitschultrigen Mann hinterher, dessen Muskeln sich unter seinem Shirt abzeichneten wie Maulwurfshügel. Was konnte der schon für Probleme haben!?

Wie angeklebt blieb Mo noch eine Weile an der Theke sitzen. Es fiel ihm schwer, sich aufzuraffen und die Boxringe zu reinigen.

Es war schon nach sechs und eigentlich hätte er lieber vor der Playstation gesessen und Karate gespielt, als die stinkenden Matten und Seile sauber zu machen. Aber der Vorwurf vom Nachmittag, dass er den Crows nie etwas einbrachte, nagte an ihm. Es kam eben doch aufs Geld an und nicht auf die Fähigkeiten, die er hatte. Es war so ungerecht, aber Mo konnte die anderen auch verstehen. Sie schrieben nicht nur Zahlen in ein Heft, sondern mussten ihre Kontakte pflegen, sie gingen zu den Leuten, mussten ihr Vertrauen nicht nur gewinnen, sondern auch behalten, und sich die Trinkgelder verdienen. Manche von ihnen gingen noch weiter. Dann mussten sie den einen, den günstigsten Augenblick erwischen, in dem sich die Geheimfächer finden ließen, die sie um ein paar Scheine, einen Ring oder sonst ein Schmuckstück erleichtern konnten. Dafür musste man einiges tun, wozu keiner wirklich Lust hatte: sich alte Geschichten anhören, manchmal einkaufen gehen oder sonst irgendetwas tun, das äußerst lästig sein konnte. Aber sie taten es, denn es gehörte zur Ehre der Crows, ein guter Crow zu sein, der etwas einbrachte. Egal, wie man es anstellte, ohne Einnahmen zu den Versammlungen zu kommen, war einfach nur peinlich.

Mo wusste nur zu gut, dass er kein Talent besaß, irgendwem den freundlichen Jungen von nebenan vorzuspielen und nebenher Schränke zu durchwühlen. Deshalb kam er in Ramis Boxclub und verdiente sich das Geld, das er später bei den Crows ablieferte. Und das hieß, um genau zu sein: Bei sich selbst!

Er seufzte, glitt langsam von seinem Barhocker und ging nach hinten in den Abstellraum, um Schwamm und Desinfektionsmittel zu holen.

10

Oke lag ausgestreckt auf der Matratze, die er zu seiner Überraschung im hintersten Winkel des Bunkers gefunden hatte, und sah zu, wie das hereinfallende Licht immer weniger wurde. Der helle Schein, in dem die Staubflocken getanzt hatten, war erloschen. Die unteren Ränder des langgestreckten Raumes hatte die Dunkelheit schon verschluckt, sie kroch immer weiter die Wände hoch. Gleichzeitig wurde der Raum auf neue und erschreckende Weise lebendig. In Gedanken sah Oke Würmer und schleimige Krabbeltiere im Dunkel herankriechen, bis er sich zur Vernunft rief: „Du spinnst!“

Eine Weile gelang es ihm, sich an die realen Dinge zu halten, den feuchten Geruch der Matratze zum Beispiel, den er ziemlich übel fand. Oke konnte sich nicht erinnern, diese Matratze jemals zuvor gesehen zu haben. Auch wenn er schon länger nicht mehr hier gewesen war, konnte er sie tatsächlich übersehen haben, genauso wie das Kissen und die Decke, die sich in einer Plastiktüte daneben befunden hatten? Hatte Zachy das alles planvoll herbeigeschafft? Wollte er Oke schon lange loswerden? Die Gedankenmühle drehte sich aufs Neue, diesmal jedoch ohne die wilde Verzweiflung, in die Oke von Zeit zu Zeit immer wieder geriet.

Er brauchte seinen klaren Verstand, um mit der Lage, in die er geraten war, fertig zu werden, das hatte er mittlerweile kapiert. Eine Nacht stand ihm bevor, ganz alleine in diesem Bunker, auf der speckigen Matratze, ohne auch nur die entfernteste Ahnung zu haben, wie lange es so weitergehen würde.

Oke zog die Decke über sich, der Unterschied zwischen

der Hitze draußen und der feuchten Kühle im Bunker war deutlich zu spüren. Vielleicht lag es an dieser Mischung, dass er plötzlich an den Waschmaschinenkeller auf dem Koberg denken musste, in dem Zachy und er die Crows gegründet hatten. Feierlich und ein bisschen kitschig war das gewesen, erinnerte er sich und merkte, dass ihm das nun peinlich war.

Auf der Suche nach einem ruhigen Ort waren sie abends im Waschmaschinenkeller von Komplex A angekommen, wo alles still und um diese Zeit niemand mehr zu erwarten war. Zachy hatte in der Mitte des Raumes einen Kreis auf dem staubigen Boden gezogen und Oke aufgefordert, sich ihm gegenüber hineinzustellen. Er hatte sich anscheinend genau überlegt, wie dieses Gründungsritual ablaufen sollte, denn er nahm mit seiner linken Hand Okes linken Unterarm, so dass eine feste Verbindung entstand. Die rechte Hand legten sie sich jeweils auf die rechte Schulter. Einen Moment lang sahen sie sich beide mit festem Blick in die Augen, auch wenn Oke das Gefühl hatte, Zachy könnte das Fragezeichen in seinem Blick entdecken. Doch Zachy richtete im nächsten Augenblick das Gesicht hoch zur Decke, als säße dort der Gott, dem er nun seinen Schwur darbrachte. „Die Krähe ist heilig, im Recht und das Vorbild, dem wir nun folgen. Wir sind die Crows und ehren die Tat und tun unsere Pflicht, unsere Zukunft zu sichern.“

Oke hatte automatisch mit nach oben geschaut und war ergriffen von diesen Worten, die so ganz anders klangen als das, was Zachy sonst von sich gab, dass er fast ein „Amen“ hinterhergeschickt hätte. Er fühlte sich in diesem Moment auserwählt wie noch nie zuvor. Berufen zu einer Freundschaft und einem Zusammenhalt, der alles überstieg, was er jemals erlebt hatte. Er spürte plötzlich eine Kraft, die dem Verrat und der Lüge, die noch vor kurzem versucht hatten, ihn zu vernichten, die Stirn bot. Es war, als könnte er auf einmal tiefer atmen, sein Brustkorb wurde weit und er fühlte, dass er nun allem standhalten konnte, was ihn jemals bedrängen würde.

Sie hatten sich noch einmal kurz in die Augen geschaut und dann die Hände voneinander gelöst. Zachy reckte sich und hüpfte auf und ab wie ein Fußballer kurz vorm Anpfiff des Spiels, als müsste er das Heilige abschütteln, das sie beide gerade noch umgeben hatte. Und die Waschmaschinen glotzten einäugig von den Wänden herüber. Oke hatte ein bisschen mit den Armen geschlenkert, weil er nicht wusste, was er tun sollte, dann hatten sie sich noch einmal die Hand gereicht, um das eben Geschehene zu bekräftigen und sich zu verabschieden.

Das Messer hatte Zachy erst am nächsten Tag mitgebracht, außerdem eine Flasche Wodka, in der noch ein kleiner Rest übrig war, und ein Taschentuch.

„Kremple den Ärmel hoch!“, befahl er, und Oke hatte sich nicht zu widersetzen gewagt. Dann rieb Zachy die Stelle am Oberarm mit Wodka ab und setzte das Messer an. „Beiß die Zähne zusammen!“ Er ritzte ein drei Zentimeter großes V in Okes Haut. Der spürte das Ritzen kaum, so stark ballte er die Fäuste. Zachy wischte das Blut mit dem wodkagetränkten Taschentuch weg und forderte Oke auf, das Gleiche auch bei ihm zu machen. „Fester!“, rief er, kaum dass Oke das Messer angesetzt hatte. „Der Schnabel der Krähe soll uns immer daran erinnern, wer wir sind!“, fügte er hinzu und Oke sah, dass auch Zachy die Zähne zusammenbiss. „Irgendwann werden wir uns das Ding tätowieren lassen, dann ist es für die Ewigkeit!“

Der Alltag der beiden bis dahin einzigen Crows bestand nun erst einmal darin, weitere ausgewählte Leute zu finden, die mitmachten. Das übernahm ganz selbstverständlich Zachy, der das größere Talent dazu besaß.

Schon bald schleppte er Pat und Sam an, die Oke bisher höchstens einmal von Weitem registriert hatte. Oskar war sogar in Okes Klasse, aber so unscheinbar, dass er ihm dort kaum aufgefallen war. Alex war da schon eine andere Nummer, groß, sportlich und ziemlich selbstbewusst. Oke hatte befürchtet, Zachy könnte Alex ihm vorziehen, aber das hatte sich irgendwann von selbst erledigt, nachdem Alex die Biege gemacht hatte. Luke, Minh und Mario waren vorher in der Rubnow-Gang gewesen, Oke war nie dahintergekommen, wie es Zachy gelungen war, sie abzuwerben. Hatte er ihnen irgendwas versprochen? Oder hatte ihnen allein die Aussicht auf eine Crew von Gleichberechtigten gereicht? In der Rubnow-Gang waren sie nur Befehlsempfänger gewesen, wie einer von ihnen später mal zugab. Eine Weile war auch ein Bogdan dabei, der aber ebenfalls weggezogen war, und dann tauchten auf einmal Ida und Adil auf. Sie waren neu auf dem Koberg und sorgten immer für gute Laune. Ganz anders als Mo, den Zachy als Letzten anschleppte. Der war verdruckst und irgendwie schüchtern und nur dabei, weil er die Kassenführung übernahm.

Das war allerdings schon nach kurzer Zeit richtig wichtig geworden, denn das Geld, das nach und nach zusammenkam, musste dringend ordentlich verwaltet werden. Die Aufgabe der Crows, für die eigene Zukunft zu sorgen, verstanden alle Beteiligten schnell und ohne, dass man ihnen im Detail erklären musste, was dafür zu tun war. Das *Good for Good* machte den meisten keine Mühe, wer einen anderen Weg einschlug, machte das mit sich selbst aus und schwieg darüber.

Das Lob und die Begeisterung, die Zachy ihnen entgegenbrachte, wenn sie das eingenommene Geld abgaben, war ihnen jedenfalls sicher. Egal, ob sie es für irgendwelche Dienste wie Einkaufen, Taschen schleppen oder aber auf undurchsichtigen Wegen ergattert hatten.

Auf seiner Matratze tastete Oke nach seinem Oberarm, auf dem die Spuren nur noch zu erahnen war. Dann machte er einen tiefen Atemzug und merkte, wie matt er war. Er konnte das leuchtende Gefühl von damals nicht wiederfinden. Zu viel war passiert, das ganz und gar nicht glänzend war.

11

Nathan räumte die leeren Bierflaschen vor dem Kiosk weg und drehte dann noch eine Runde um die Bude herum, um Papier und anderen Müll aufzuheben, der achtlos weggeworfen worden war. Dabei beschäftigte ihn ein Gedanke ganz besonders: Warum war Zachy heute Morgen nicht gekommen, um den Plastikbeutel mit dem Geld abzuholen, das er zählte und dann zur Bank brachte? Normalerweise sagte er vorher Bescheid, wenn er mal einen Tag nicht da war. Das kam selten vor, aber vielleicht war Zachy diesmal etwas Unvorhergesehenes dazwischengekommen. Etwas so Wichtiges, dass er nicht mal eine Nachricht auf dem Handy geschrieben hatte?

Nathan fand, dass es eigentlich keinen Grund gab, besorgt zu sein. Zachy war 14 oder 15 Jahre alt, vielleicht war er mit einem Mädchen unterwegs, oder seine Kumpels, diese Crows, hatten irgendetwas ausgeheckt, bei dem er nicht fehlen durfte. Es gab tausend nachvollziehbare Gründe. Andererseits war Zachy zuverlässig und es passte nicht zu ihm, kommentarlos auszubleiben.

Nathans unbestimmte Sorge passte zu der merkwürdigen Stimmung, die er den ganzen Tag so viel deutlicher gespürt hatte als sonst. Wie ein unangenehmer Geruch, der von irgendwoher aus der Kanalisation heraufsteigt, waberte diese Stimmung schon seit einiger Zeit durchs Hochhausviertel, und heute war sie besonders intensiv. Die Leute, die sich um den Kiosk versammelten, mal auf ein Bier vorbeischauten oder nur eine Zeitschrift kauften, kamen alle irgendwann auf die Sanierungsmaßnahmen zu sprechen, welche die Hausverwaltung seit ein paar Wochen auf Flugblättern ankündigte und in den höchsten

Tönen als *„Wir können auch exklusiv“* anpries. Nathan merkte deutlich, wie verunsichert die Bewohner waren. Der Koberg, der ihnen da auf den Flugblättern in bunten Bildern präsentiert wurde, sah gar nicht mehr nach dem Koberg aus, den sie kannten. Farbige Fassaden, begrünte Balkone und Terrassen, ein Schwimmbad mit Aussicht auf der höchsten Etage – wer sollte das bezahlen?

Einer der Umstehenden meinte: „Ich warte schon seit Ewigkeiten darauf, dass meine Balkontür repariert wird, aber nichts passiert! Und dann wollen die den ganzen Koberg sanieren – nie im Leben!“ Dass die Immobiliengesellschaft, der der Komplex gehörte, den Samariter in sich entdeckt hatte und die Sanierung aus eigener Tasche bezahlen würde, um den Bewohnern etwas Gutes zu tun, war mehr als unwahrscheinlich. Was also rollte da im Verborgenen auf sie zu? Und warum tauchten immer nur diese Flugblätter auf? Warum schrieb der Hausverwalter, der oft genug hier herumlief, den Mietern keine Briefe mit genauen Auskünften über Art, Umfang und Kosten der geplanten Umbauten?

Nur dieser Michel schloss sich den Mutmaßungen der Leute nicht an und teilte auch deren Bedenken nicht. Er meinte nur: „Macht euch mal nicht ins Hemd! Das wird schon alles nicht so schlimm werden. Wer hier hingehört, hat sicher nichts zu befürchten!“

Nathan wurde sofort hellhörig und sah sich in seinen Befürchtungen gegenüber Michel bestätigt. Was sollte das schließlich heißen, „wer hier hingehört“? Wer bestimmte darüber?

Nachdem er alles aufgeräumt hatte, nahm Nathan seine Tageseinnahmen und schloss den Kiosk ab. Auf dem Weg in seine Wohnung im achten Stockwerk von Komplex A dachte er an den Professor, der im Gegensatz zu den anderen kein Wort zu den Spekulationen um das Sanierungsvorhaben gesagt hatte. Er beteiligte sich einfach nicht an diesem Thema, obwohl er vielleicht der Einzige war, der etwas Vernünftiges dazu sagen konnte. Er wurde schließlich nicht umsonst „der Professor" genannt. Ob er wirklich mal an einer Hochschule Vorlesungen gehalten hatte, wusste niemand. Doch egal, ob es darum ging, die Weltlage, einen elektrischen Schaltkreis oder die Zusammensetzung von Stracciatella-Eis zu erklären, den Professor konnte man so ziemlich alles fragen und er wusste Bescheid.

Allerdings wohnte er schon länger nicht mehr hier. Er hatte zumindest keine Wohnung mehr auf dem Koberg, die war ihm gekündigt worden, weil er die Miete nicht mehr bezahlen konnte. Und doch gehörte er weiter zum Koberg dazu. Jeden Tag sah man ihn auf dem Gelände, auf dem er rund um die Hochhäuser unterwegs war – alles, was er besaß, zog er gut verstaut auf diesem Wägelchen hinter sich her. Nathan wunderte sich immer wieder darüber, wie man so wenig besitzen konnte und trotzdem immer gepflegt aussah.

Wo der Professor am Abend unterkam, wusste niemand. Jeden Morgen war er frisch und munter wieder da. Vielleicht hatte er Freunde und Bekannte, die ihn abwechselnd aufnahmen und auf ihren Sofas schlafen ließen? Möglich war alles. Der Professor hatte fünfzig Jahre in diesem Hochhauskomplex gelebt, wie sollte man da noch einmal woanders heimisch werden?

Auf dem Weg zu Komplex A begegnete Nathan einem Jungen, der aus dem Boxclub kam. Gehörte der nicht auch zu diesen Crows?

„Hey, du!“, rief er ihm zu. „Kennst du Zachy?“

Mo blickte irritiert auf. Mit NPO hatte er noch nie ein Wort gesprochen, jedenfalls kein persönliches. Wenn er sich ab und zu am Kiosk eine süße Tüte kaufte natürlich schon. Er blieb stehen. „Äh, ja, wieso?“

Nathan betrachtete den stämmigen Jungen und erinnerte sich daran, dass er besonders gerne saure Pommes und weiße Mäuse mochte.

„Weißt du, wo Zachy steckt? Ich habe ihn heute den ganzen Tag nicht gesehen.“

Mo wurde langsamer. „Ich auch nicht. Keine Ahnung, wo der Blödmann geblieben ist. Oke ist auch verschwunden. Ich hoffe, die tauchen bald wieder auf.“ Er ging weiter, ohne sich nach Nathan umzuschauen oder eine Antwort abzuwarten.

Nathan sah Mo hinterher, wie er mit gesenkten Schultern im Hauseingang verschwand. *Blödmann?* Soso. Gab es nicht einen Ehrenkodex, den man hatte, wenn man in einer Gang war? Und dann war auch noch ein anderer Junge verschwunden! Machten die beiden sich etwa ein schönes Wochenende ohne die anderen?

12

Mo wartete auf den Aufzug und hoffte, dass der Kioskbesitzer ihm nicht so schnell hinterherkam. Er hatte keine Lust, noch einmal von ihm befragt zu werden. Was ging ihn das überhaupt an, wo Zachy steckte? Dann fiel ihm ein, dass Zachy ja irgendeinen Deal mit NPO hatte und bei ihm aushalf. Mo wusste nicht genau, was Zachy dort machte, doch offenbar war sofort aufgefallen, dass er mal einen Tag nicht da war.

Der Aufzug kam immer noch nicht.

Mo musste plötzlich an die alte Basma denken. Sie hatte den Kiosk besessen, als Mo ein kleiner Junge gewesen war, lange bevor Nathan die Bude übernommen hatte. Egal, wann man sie traf, Basma war damals immer von einer solchen Fröhlichkeit und guten Laune umgeben, dass der Kiosk vollständig davon ausgefüllt war. Sie roch nach Puddingteilchen und strahlte jeden Tag aufs Neue wie die Sonne, obwohl ihr Mann ein schreckliches Ekel war. Immer war er wütend und schlecht gelaunt, so dass sich alle verzogen, sobald er irgendwo auftauchte. Wenn er nicht in Sichtweite war, ging Mo oft zum Kiosk, nur um in Basmas Nähe zu sein. Sie kam aus einem Land, in dem man *Shukran* sagte, wenn man *Danke* meinte, und sie hatte es ziemlich oft gesagt, wenn sie das Geld der Kunden entgegengenommen hatte. Ihr breites, warmherziges Lächeln und dieses eine Wort lebten in Mos Erinnerung weiter, manchmal wärmte er sich daran.

Damals hatte er einen geheimen Traum gehabt, der so geheim war, dass es ihm heute noch schwerfiel, ihn an die Oberfläche zu holen. In diesem Traum hatte sich die Gestalt seiner Mutter immer mehr in Basma verwandelt, bis nur noch ihre Schuhe übrig geblieben waren, die unter Basmas langem Rock hervorgeschaut hatten. Doch das hatte ihn gleichzeitig erschreckt, denn seine Mutter brachte manchmal abends Eistorte von der Arbeit mit nach Hause und Basma hatte sicher keine Ahnung, wo sie die herkriegen sollte. Deshalb hatte er seinen Traum etwas verändert und sich eine Zeit lang ungeduldig gewünscht, endlich so groß zu sein, dass er Tante Basma, wie er sie nannte, helfen konnte, die Flaschen in die Kästen zu räumen oder die Süßigkeiten in die Gläser zu füllen. So hätte er jeden Tag bei ihr sein können, ohne sich einen Grund ausdenken zu müssen.

Doch dann platzten alle Träume seines sechsjährigen Ichs. Tante Basma war plötzlich verschwunden. Der ganze Koberg stellte wilde Vermutungen darüber an, wo sie geblieben sein konnte. Der wahre Grund war jedoch nie bis zu ihm vorgedrungen. Mo erinnerte sich genau an die Leere und Traurigkeit, die ihn plötzlich umgeben hatten. Der Kiosk war längere Zeit geschlossen geblieben, bis Nathan Ogonio kam, den die meisten hier einfach nur NPO nannten. Mo wusste nicht mehr, woher dieser Name eigentlich stammte oder was er bedeutete, er wusste nur, dass mit diesem neuen Besitzer alles anders geworden war. Seine alte Sehnsucht, sich in der Nähe des Kiosks aufzuhalten, war nie mehr zurückgekehrt.

Endlich kam der Aufzug im Erdgeschoß an und öffnete mit einem schleifenden Geräusch seine Türen. Ein Schwall Parfüm und Gekicher schwappte heraus. Mo senkte den Blick, um die Mädchen nicht anschauen zu müssen, die sich anscheinend auf den Weg in das nahe Vereinsheim machten. Dort war jeden Freitagabend Party angesagt und sie konnten sich ein bisschen fühlen, als wären sie in den Clubs der Stadt unterwegs. Doch dafür fehlte ihnen das Geld. Als auch die Letzte den Aufzug verlassen hatte, schlüpfte Mo hinein und fächelte sich Luft zu. Zu viel Duft in der Luft, aber er überdeckte wenigstens Mos Geruch nach Schweiß und Putzmittel. Er drückte die Sieben. Moment, warum klingelte er nicht einfach bei Zachy und fragte nach ihm? Entweder war Zachy da oder jemand anderer konnte ihm sagen, wo er steckte! Der Aufzug hielt auf der Sieben und Mo drückte die Neun.

Kurze Zeit später stand er vor Zachys Wohnungstür und läutete. Er wartete und läutete noch einmal. Nichts als Stille schlug ihm entgegen. Kein Schlurfen, kein Husten, einfach nichts, was darauf hindeutete, dass sich jemand in der Wohnung aufhielt.

Mo ging zurück zum Aufzug. Er konnte es natürlich auch noch bei Oke versuchen, der wohnte auf der achten. Statt auf den Aufzug zu warten, nahm Mo nun den Weg übers Treppenhaus und stand zwei Minuten später vor Okes Wohnungstür.

Diesmal musste er nicht warten, nach dem ersten Läuten öffnete ihm ein Mädchen mit raspelkurzen Haaren, das er nicht kannte, lehnte sich gegen den Türrahmen und checkte ihn in Sekundenschnelle von oben bis unten ab.

„Was gibt's?"

„Ist Oke da?"

„Und wer bist du?"

Mo fühlte sich aus dem Konzept gebracht und stotterte: „Äh, ich bin Mo. Also, Mortimer, ein Freund, also von Oke. Ist er da?"

Das Mädchen verlor seinen abschätzenden Blick nicht und sagte: „Nee, der ist mit irgend so einem Zachy und seinem Vater übers Wochenende weggefahren."

„Ah, ja?“ Mo wusste nicht, was er sagen sollte, am liebsten hätte er sich umgedreht und wäre gegangen. Was bildete die sich eigentlich ein? Und wer war sie überhaupt?

Er zögerte ein kleines bisschen zu lange, um die Situation in die Hand nehmen zu können, da meinte das Mädchen plötzlich in ganz normalem Tonfall: „Aus heiterem Himmel stand dieser Zachy heute Nachmittag vor der Tür, um ein paar Sachen von Oke zu holen. Sein Vater wäre endlich gekommen und hätte nur jetzt an diesem Wochenende und sofort Zeit, mit ihnen ans Meer zu fahren. Das hätten sie schon so lange geplant, blablabla. Ja, und Oke könne nicht selbst kommen, weil er seinem Vater schon bei irgendetwas behilflich sei, was sofort erledigt werden müsse.“

Mo versuchte angestrengt, ihrer Geschichte zu folgen. Da er sie bloß anstarrte, sprach sie weiter. „Okes Mutter war ziemlich sauer, dass sie Oke nicht erreichen konnte, doch später kam eine Nachricht von den beiden, die sie mir weitergeleitet hat.“ Sie griff hinten in ihre Hosentasche, holte das Handy hervor und wischte darüber. „Hier, schau!“

Mo musste einen Schritt zurücktreten, um deutlich erkennen zu können, was auf dem Bildschirm zu sehen war. Zwischen Bäumen und Grün grinsten Oke und Zachy in die Kamera und Zachy machte das Victory-Zeichen. Wo sie das aufgenommen hatten, war nicht zu erkennen.

„Das kam vor zwei Stunden, da haben sie gerade Rast an irgendeinem Grünstreifen gemacht. Und vor einer Stunde hat Oke noch einmal geschrieben, dass alles okay wäre, er aber nur von Zachys Handy schreiben könne.“

Das Mädchen steckte das Handy wieder in ihre Hosentasche. „Scheißplan von mir, einfach ohne Ankündigung hierherzukommen! Ich dachte, Oke wäre einfach immer zu Hause, so, wie er es Leo hundertmal erzählt hat. Jetzt kann ich nur hoffen, dass er tatsächlich am Sonntagabend zurückkommt!"

Mo rang sich ein schiefes Lächeln ab. „Hat er das geschrieben?"

Das Mädchen zuckte mit den Schultern. „Nehm's an. Hat Frau Beermann jedenfalls gesagt."

„Und was machst du jetzt das ganze Wochenende hier?" Mo war selbst erstaunt, dass er diese Frage stellte.

„Keine Ahnung", sagte das Mädchen. „Gibt es hier ein Schwimmbad?"

Mo nickte. „Drei Stationen mit dem Bus. Ist aber voll am Wochenende und bei dem Wetter."

„Vermutlich", antwortete sie. „Willst du mit?"

Mo erschrak und hoffte, sie würde es ihm nicht ansehen. „Mal sehen", sagte er, hob die Hand, drehte sich schnell um und lief zum Treppenhaus. Er konnte nicht sehen, dass das Mädchen ihm noch hinterherschaute, bis er verschwunden war.

Sobald er auf der Treppe angekommen war, schaltete Mo in den ersten Gang und ließ das, was er gerade erfahren hatte, noch einmal wie eine Matheaufgabe durch seinen Kopf wandern. Okay, Zachy und Oke waren Freunde, und sie waren miteinander auf andere Weise befreundet als mit dem Rest der Crows. Dass die beiden zusammen wegfuhren und nicht alle Crows mitnahmen, war eigentlich vollkommen normal. Aber dass sie den anderen nichts darüber gesagt hatten, passte trotzdem nicht. Sie waren doch so etwas wie die höchste Instanz. Die konnte nicht einfach verschwinden, ohne dass der Rest Bescheid wusste. Dann geriet etwas ins Schlingern. Er überlegte, wie das Crow-Treffen morgen Nachmittag wohl aussehen würde. Ob dann überhaupt noch jemand kam?

Bevor ihn diese Frage weiter beunruhigen konnte, sah er wieder dieses Mädchen vor sich. Sich die Haare so kurz zu schneiden, setzte einigen Mut voraus. Von ihrem Selbstbewusstsein hätte er gerne etwas gehabt. Kam einfach zu Besuch, ohne vorher was zu sagen! Woher kannte Oke die bloß? Wieso konnte man überhaupt so jemanden kennen? Und wer war Leo?

Dann war Mo endlich zu Hause angekommen und ging direkt unter die Dusche.

13

Oke lag flach wie ein Brett unter der dünnen Decke, als ginge der miese Geruch der Matratze dann weniger auf ihn über. Sobald er über seine Lage nachdachte, schlich sich aus dem hintersten Winkel seiner Seele wieder das bange Gefühl der Verlassenheit heran. Doch bevor es sein Netz vollständig ausbreiten und ihn gefangen nehmen konnte, dachte er an Leo und das, was sie gesagt hätte, wenn sie jetzt bei ihm gewesen wäre.

Flieg wie ein Vogel aus dir heraus und betrachte die Lage von außen! Schau dich an, mit eiskaltem Blick, als wärst du ein Forscher, der eine Fliege unterm Mikroskop betrachtet. Und dann mach eine Liste, was gut ist und was nicht, was nützt und was im Weg steht, was du willst und was nicht.

Ach, Leo! Wie oft hatte sie versucht, ihm das beizubringen. Es war tatsächlich nicht die schlechteste Methode, wenn man eine Entscheidung treffen wollte. Sie hatten es mehr als einmal gemeinsam ausprobiert. Als es darum ging, ob es besser war, den Eltern von der Polizeikontrolle zu erzählen, in die sie geraten waren, oder das Licht am Fahrrad einfach selbst zu reparieren. Oder als er absolut nicht wusste, ob er weiter Hockey spielen sollte oder lieber Fußball. Da hatte die Methode funktioniert. Aber jetzt gab es wenig zu entscheiden. Vielleicht nur, ob es sich lohnte, Hoffnung zu haben. Schon einmal hatte er sich gegen die Hoffnung entschieden. Aber diese Situation war eine völlig andere.

Also, er war gefangen. Das war definitiv scheiße. Allein würde er sich, soweit er das einschätzen konnte, nicht aus diesem Bunker befreien können.

Niemand wusste, dass er hier war, und er konnte auch

niemanden informieren oder herbeirufen. Noch größere Scheiße!

Nun schau auf die andere Seite!

Draußen war es heiß und im Bunker angenehm kühl, das Wetter konnte ihm nichts anhaben. Außerdem gab es genug zu essen und zu trinken, er hatte ein Schlaflager und unendlich viel Zeit nachzudenken. Reichte das, um sich daran festzuhalten? Vielleicht, für diese Nacht.

Oke schloss die Augen und landete sofort wieder am Anfang ihrer Crow-Geschichte. Ein guter Anfang, wie Oke immer noch fand, denn sofort spürte er wieder dieses leuchtende Gefühl von damals.

Selbst für jemanden wie Oke, der eher schüchtern war, hatte sich das *Good for Good* sehr bald als ausgezeichnete Methode erwiesen, „Kunden" zu gewinnen.

Eines Tages war er einer alten Frau am Hauseingang begegnet, die sich mit ihren schweren Einkaufstaschen abmühte. Ein Einstieg, den man sich besser nicht wünschen konnte.

„Kann ich Ihnen helfen? Wo müssen Sie denn hin? Sechste Etage? Kein Problem." Oke hatte sich die beiden vollgepackten Taschen auf die Schulter gehievt und sie bis in Tante Henris Küche geschleppt. Eigentlich hieß sie Frau Woikowitsch, wollte aber unbedingt, dass er sie Tante Henri nannte und einen Kaffee mit ihr trank. Während sie damit beschäftigt war, den Kaffee zu kochen und ihre Einkäufe auszupacken, sah er sich ein bisschen in der Wohnung um. Da hingen so viele Fotos an den Wänden! Die Frau, die auf all diesen Bildern lachte, war eindeutig die junge Tante Henri. Im Hintergrund das Meer und Palmen.

Da Tante Henri öfter mal Hilfe nötig hatte, ergaben sich bald neue Gelegenheiten, ihr zur Hand zu gehen. Egal ob sie die Betten abzog oder den Balkon bepflanzte, sie war überglücklich, dass Oke ihr dabei half – und sie zahlte gut. So gut, dass er es nicht nötig hatte, nach weiteren „Goods“ zu suchen. Stattdessen saßen sie zusammen auf ihrem Balkon inmitten von Thymian, Petunien, Lavendel und Tomaten, und sie erzählte ihm von ihrem Leben auf den Inseln im Süden, wo die Leute Urlaub machten und sie in den Hotels gearbeitet hatte, mal als Zimmermädchen, mal als Küchenhilfe oder Bedienung im Speisesaal. Oke fragte sich, wie alt Tante Henri wohl sein mochte. Sie zu fragen, traute er sich nicht. Die Arbeit war hart gewesen, aber die freie Zeit am Strand und in den Bars hatte alles wettgemacht. Sie erzählte von ihrer großen Liebe Fabrizio, ihrem Unfall und wie sie zurück in Deutschland fast aufgegeben hätte.

„Warum hast du hier nicht auch in einem Hotel gearbeitet?“, fragte Oke.

„Hier braucht man überall Papiere, Zeugnisse, die belegen, was du gelernt und schon alles gemacht hast. Die hatte ich nicht, da blieben mir nur die Putzjobs. Es gab Jahre, da hatte ich drei verschiedene auf einmal, und die Miete hier auf dem Koberg konnte ich gut bezahlen.“

„Und jetzt?“

Tante Henri zupfte ein paar vertrocknete Blätter von den Geranien. „Wer weiß, wenn ich nicht einen Untermieter hätte, könnte ich die Miete sicher nicht mehr bezahlen. Aber wie wird das werden, wenn demnächst hier alles saniert und renoviert wird?“

Oke erinnerte sich an die unendlich vielen Fotos, mit denen Tante Henri ihre Wände tapeziert hatte, auf denen der Himmel immer blau war und ihn lächelnde Gesichter anschauten. Auf diesen Bildern herrschte eine Fröhlichkeit, die im krassen Gegensatz zu Tante Henris Leben auf dem Koberg stand. Ihren Untermieter hatte er allerdings kein einziges Mal zu Gesicht bekommen.

Lange Zeit war die schmale, alte Frau Okes einzige Kundin gewesen. Lag es daran, dass er sich nicht vorstellen konnte, dass es noch andere Leute gab, die genauso nett waren? Fehlte ihm die Zeit für mehr Kundschaft? Oder hatte irgendjemand eine Bemerkung darüber gemacht, dass sein Kundenstamm nicht besonders groß war? Oke war sich nicht sicher, aber er erinnerte sich, dass jemand von den Crows, die nicht nur nach dem *Good for Good* handelten, ihm empfohlen hatte, es doch mal damit zu versuchen. War das eine Möglichkeit für ihn? Oke war sich sicher, dass er keine Schubladen durchwühlen konnte.

Bis zu diesem Abend in der Garage. Seit Tagen vermisste er seinen Fahrradschlüssel. Ob er ihm beim Aussteigen aus Papas Auto aus der Hosentasche gefallen war? Er ging hinunter und versuchte sich zu erinnern, wo das Auto gestanden hatte, bückte sich, um unter die Autos zu schauen und fasste dabei zufällig an einen der Türgriffe. Die Tür sprang auf. Oke wollte sie sofort wieder zuschlagen, da hatte er das Portemonnaie, das auf dem Beifahrersitz lag, schon gesehen. Er schaute sich reflexartig um, ob sich sonst noch jemand in der Garage aufhielt.

Oke kam es später so vor, als wäre das gar nicht er selbst gewesen, der nach der Lederbörse gegriffen hatte. Sie war voller Geldscheine. Oke bekam einen braunen zu fassen und ließ ihn blitzschnell in seiner Hosentasche verschwinden. Das Portemonnaie sah genauso aus wie zuvor. Er warf es auf den Sitz und schlug die Tür zu, duckte sich zwischen den Autos und tat so, als würde er weiter nach dem Fahrradschlüssel suchen. Auch wenn er gar nicht mehr an ihn dachte. Egal wohin er schaute, er sah immer nur die offene Autotür und die Geldbörse vor sich. Wieso hatte der blöde Autofahrer sie bloß da liegen gelassen! Gab es in der Garage eigentlich Kameras? Oke hatte das Gefühl, im nächsten Moment würde eine Hand nach ihm greifen und zur Rede stellen. Er lief nach Hause und hoffte, der Geldschein wäre irgendwann einfach nicht mehr da.

Doch immer, wenn er in seine Hosentasche griff, lauerte er dort wie eine giftige Schlange. Er spürte ihn noch, als er den Schein längst bei der nächsten Crow-Versammlung abgegeben hatte. Die Schuldgefühle wurde er wochenlang nicht los.

Oke wusste, dass Oskar und Pat ganz andere Sachen machten, um an Geld zu kommen, aber das beruhigte ihn wenig. Es sah immer so aus, als würden sie einfach rumhängen und nichts tun. Genau das war ihre Tarnung. Sie beobachteten die Leute, die jeden Tag auf dem Koberg unterwegs waren, und versuchten, hinter ihre kleinen Geheimnisse zu kommen. Nach einer Weile hatten sie den richtigen Blick dafür, wussten, dass die verheiratete Frau H. aus dem vierten ein Verhältnis mit dem Autohändler aus dem zwölften hatte. Sie ließen bei ihr durchblicken, dass es lohnenswert wäre, ein bisschen Geld in dieses Geheimnis zu investieren, damit keiner der Ehepartner etwas davon erfuhr. Allerdings hatte Frau H. ihnen irgendwann einen Strich durch die Rechnung gemacht: Sie und der Autohändler trennten sich von ihren Partnern und zogen zusammen.

Perschau, den Hausmeister, hatten Pat und Oskar auch auf dem Kieker. Ihre Spähmethode war sehr erfolgreich, auch wenn keiner genau wusste, wie sie es anstellten, hinter all das Verborgene ihrer Mitmenschen zu kommen. Die beiden wussten auch, wer arbeitslos war und schwarz arbeitete und ließen denjenigen wissen, dass sie bereit wären, das für sich zu behalten.

Alles ihre Sache. Oke wollte nichts Genaueres darüber hören. Er war froh gewesen, als sein schlechtes Gewissen sich irgendwann beruhigt hatte. Wer auf dem Koberg so viel Geld besaß, dass seine Geldbörse aus allen Nähten platzte, konnte einen Braunen sicher verkraften, sagte Oke sich wieder und wieder. Wenn es einen der Dealer erwischt hatte, war es überflüssig, deswegen schlaflose Nächte zu haben.

Im persönlichen Gesetzbuch der Crows stand an erster Stelle der unbedingte Zusammenhalt. Sie ließen niemanden im Stich, der zu ihnen gehörte. Wäre jemand in Misskredit geraten oder erwischt worden – alle hätten seine Unschuld beteuert. Die Mehrung des Vermögens stand erst an zweiter Stelle. Auch wenn keine Grenzen gesetzt waren, wie sie das anstellten, war Oke doch immer klar gewesen, dass man es nicht übertreiben sollte. Der Erfolg schmeckte auch so.

Wenn Mo ihnen einmal im Monat bei ihrer Versammlung die neuesten Zahlen vorlas, brach Jubel aus. Das Konto, das er eingerichtet hatte, gehörte allen gemeinsam, ganz egal, wie viel jeder dazu beigetragen hatte. Dann fuhren sie tatsächlich mal in die Stadt, kauften sich, was sie unbedingt haben wollten, gingen Bowling spielen oder in einen der Escape-Rooms und schlugen sich anschließend beim Dönermann die Bäuche voll. Es fühlte sich einfach nur super an, das Geld mit vollen Händen rauszuhauen. Und es fühlte sich doppelt und dreifach gut an, weil sie es nicht allein, sondern gemeinsam taten. Die Zukunft? Die konnte für eine Weile warten.

Aber was war mit Hansmann? War er auch einer von Pats und Oskars Kunden gewesen? Oke war stillschweigend davon ausgegangen, obwohl sie nie darüber gesprochen hatten. Deshalb war es ja zu diesem verhängnisvollen Augenblick in einer der letzten Crow-Versammlungen gekommen! Dem unausgesprochenen und dennoch zu erahnenden Vorwurf, die Crows könnten für seinen Tod mitverantwortlich sein.

Als Oke in Gedanken bei dem schmalen Mann mit dem grauen Gesicht angekommen war, schwappte eine schwarze Welle über ihm zusammen. Das Hochgefühl, das ihn seit der Gründung der Crows beständig begleitete, hatte zwar dafür gesorgt, dass er, Oke Beermann, alles, was die Crows taten, als absolut selbstverständlich hingenommen hatte. Dass sie am Selbstmord dieses Menschen beteiligt gewesen sein könnten, war jedoch unerträglich und weitaus schlimmer, als einen braunen Geldschein aus einem Portemonnaie zu ziehen.

Vor sechs Wochen hatte sich Hansmann von seinem Balkon in der zehnten Etage in die Tiefe gestürzt, und Perschau musste den großen Blutfleck vom Beton entfernen. Neben dem blanken Entsetzen hatte Oke eine viel stärkere Unruhe erfasst als die, die ihn wegen des braunen Scheins wochenlang verfolgt hatte. In völlig belanglosen Situationen begann plötzlich sein Herz zu rasen, eine Beklemmung setzte sich in seinem Hals fest, die sich nicht wegschlucken ließ. Oke hatte diesen Menschen doch überhaupt nicht persönlich gekannt! Aber er sah Oskar und Pat vor sich, wie sie mit den Schultern zuckten, als in der Versammlung die Rede auf Hansmann kam.

Und noch etwas Unerwartetes geschah: Leo tauchte wieder vor Okes innerem Auge auf. Er stellte verwundert fest, dass seine Wut auf sie irgendwo im Laufe des vergangenen Jahres abhandengekommen war. Stattdessen war da auf einmal dieses große, schmerzhafte Loch, das sich in ihm breitmachte. Er hörte ihre Stimme und erinnerte sich an so Vieles, über das sie gesprochen hatten.

Was hätte sie zu den Crows gesagt? Zur Mehrung ihres Vermögens, zu ihren Methoden und zu ihren Erfolgen?

Je mehr Fragen sich in Oke auftaten, desto klarer wurde ihm, dass sich seine Zweifel schon länger in ihm angesiedelt haben mussten, wie eine giftige Algenart in einem See, die von irgendwoher eingeschleppt worden war.

Das letzte Licht, das durchs Fenster in den Bunker fiel, war nur noch ein schmaler Streifen und hatte einen rötlichen Schimmer. Vielleicht kam morgen irgendjemand ins Wäldchen und würde ihn entdecken. Er würde sich bemerkbar machen müssen. Oke schloss die Augen, drehte sich auf die Seite und versuchte einzuschlafen.

14

Angelockt von den Ausläufern des rot glühenden Himmels, trat Nathan hinaus auf seinen Balkon und zündete sich die einzige Zigarette an, die er am Abend rauchte. In der Ferne war die Sonne schon hinter dem Häusergebirge verschwunden, das den Rand der nahen Stadt anzeigte, den Rest ihres Lichts zog sie wie eine Schleppe hinter sich her.

Nah war diese Stadt, und doch für die meisten Leute hier schlecht zu erreichen. Nicht nur, weil die Busse so selten fuhren, sondern auch, weil sie nicht genug Geld hatten, um dort essen oder tanzen zu gehen. Woher die Crows das Geld hatten, das sie manchmal in der Stadt verpulverten, war ihm schleierhaft. Nathan kannte die Stadt, er hatte dort in den Vierteln gewohnt, die dem Koberg gar nicht so unähnlich waren. Dort gab es zwar keine Hochhäuser, aber ebenso viele unterschiedliche Menschen aus allen Ecken der Welt. Die Leute aus den besseren Vierteln sah man dort genauso selten wie auf dem Koberg.

Das Hochhausviertel hatte nicht den allerbesten Ruf. Hier wohnten viele Leute, die ähnlich aussahen wie Nathan. Außerdem Türken, Rumänen, Russen, Araber. Die Städter glaubten, hier wohnten Leute mit wenig Geld, aber vielen Kindern, Leute, die oft arbeitslos waren oder undurchsichtigen Geschäften nachgingen. Zumindest auf die Dealer, die hier ihr Handwerk betrieben, traf manches tatsächlich zu. Sie lungerten an allen möglichen Ecken herum und fürchteten sich vor niemandem. Trotzdem mochte Nathan diesen Koberg und den Ausblick von seinem Balkon. Wo kam man sonst so hoch hinaus?

Nathan grinste und sah hinunter auf die schmalen Rasenflächen und Plätze, welche die Hochhäuser umgaben.

Dort saßen immer noch Leute, die ganz offenbar keine Lust hatten, nach Hause zu gehen. Die Hitze hatte sich verzogen, es war angenehm warm und außerdem Freitag. Einige Familien waren zum Grillen draußen versammelt und saßen in großen Gruppen auf Decken und Stühlen. Im Sommer und besonders am Wochenende fand das Leben vieler Koberg-Bewohner im Freien statt. Ein paar aus der afrikanischen Community saßen im Kreis, einer von ihnen spielte Gitarre und sang in einer Sprache, die Nathan nicht verstand. Zwei andere spielten Trommel dazu.

Nathan mochte dieses Leben im Freien. Er hätte runtergehen und sich irgendwo dazusetzen können, denn er kannte ganz schön viele Leute hier. Aber meistens zog er es vor, auf seinem Balkon zu bleiben und sich das Ganze von oben anzuschauen. Tagsüber hatte er genug Gespräche geführt, beschloss er und blieb lieber alleine. Außerdem fand er, dass das Zusammensein mit den Nachbarn immer nur ein fader Abglanz des Familienlebens war, das er sich so gerne zusammenfantasierte.

Er drückte seine Zigarette in einem Blumentopf aus, in dem nur noch ein vertrockneter Strunk steckte, und blickte hinüber in sein Wohnzimmer. Auf dem Sofa lag der Beutel mit den Einnahmen des Tages. Noch einer! Er würde ihn gleich zu dem ersten, der bereits bei ihm lagerte, unter die Matratze stecken. Jetzt hatten sich schon zwei Beutel in seiner Wohnung angesammelt. Sollte Zachy tatsächlich übers Wochenende weggefahren sein, würde mindestens noch ein weiterer Beutel dazukommen – der von morgen. Das gefiel Nathan ganz und gar nicht. Geld hatte immer mit Unglück zu tun, das hatte er gelernt. Existierte irgendwo zu viel davon, zog es unwillkürlich jemanden an, der sich auf die Suche danach machte und rankommen wollte. Auf geheimnisvolle Weise schien das ein Naturgesetz zu sein. Also konnte er nur hoffen, dass Zachy bald wieder auftauchte.

Dieser Zachy, der einerseits so zuverlässig war und aus dem er dennoch nicht schlau wurde. Wofür brauchte er eine Gang wie die Crows? Der Junge war doch eigentlich ganz vernünftig. Dass er zur Versammlung der Crows musste oder er noch dieses und jenes für die Crows organisieren wollte, erwähnte er öfter mal. Sie schienen ziemlich wichtig für ihn zu sein. Und sie hatten auch gar keinen schlechten Ruf auf dem Koberg. Anders als die Dealer. Manche Leute fanden die Crows zwar aufdringlich, viele schätzten jedoch ihre Hilfsbereitschaft. Im Gegensatz zur Gang, die hier vor ein paar Jahren das Heft in der Hand hatte, Leute brutal erpresste und drangsalierte, waren die Crows eher gut angesehen, den Eindruck hatte Nathan jedenfalls. Doch als sich Hansmann von seinem Balkon gestürzt hatte, waren längere Zeit Gerüchte herumgeschwirrt, die Crows könnten etwas damit zu tun haben. Nathan hatte versucht, Zachy danach zu fragen, aber er war ihm beständig ausgewichen und hatte nur immer wiederholt: „Selbst schuld!"

Schließlich hatte Nathan von einem der Nachbarn erfahren, dass wohl eine Eifersuchtsgeschichte dahintersteckte und die Crows nichts mit Hansmanns Tod zu tun hatten.

Nathan blickte vom Balkon in die Tiefe. Wie konnte einer sich bloß überwinden, da hinunterzuspringen? Die Krähen, von denen sich manchmal eine auf einen der Balkone verirrte und von dort in die Tiefe segelte, ja, die konnten das! Beim Menschen, dachte Nathan, war der Widerstand dagegen angeboren. Man hatte schließlich nur dieses eine Leben! Dass man es loswerden wollte, konnte er sich vorstellen. Aber er war sich nicht sicher, dass dann wirklich alles vorbei war. Was, wenn dann alles nur noch schlimmer wurde?

15

Oke wachte auf und starrte ins Dunkel. Er verspürte das dringende Bedürfnis zu pinkeln, hatte aber keine Lust aufzustehen und im Finstern nach dem Eimer zu suchen, den er den Nachmittag über schon benutzt hatte.

Wie lange er geschlafen hatte, wusste er nicht. Es gab auch keinerlei Anhaltspunkt dafür, wie weit die Nacht schon fortgeschritten war. Noch fiel nicht das winzigste bisschen Dämmerlicht durch die Fensterspalten, also war wohl weiterhin tiefe Nacht. Er drehte sich auf die andere Seite und versuchte wieder einzuschlafen, aber so sehr er sich auch anstrengte, still zu halten und an nichts zu denken, es gelang ihm nicht. Er wälzte sich hin und her und gab schließlich auf, drehte sich auf den Rücken und horchte in die Stille. Von irgendwoher drang leises Rascheln an sein Ohr. Ein Nachtvogel rief in der Ferne. Oke fühlte sich so allein wie ein Stein, den jemand in die Wüste geworfen hatte. Wäre diese Nacht doch bloß schon vorbei!

Die ihm vertrauten Nächte zu Hause waren erfüllt von bekannten Geräuschen, dem Wasserrauschen in einer der Leitungen, die durchs Haus zogen, einem fernen Türenschlagen oder dem Ticken der Küchenuhr, so laut, dass er es selbst in seinem Zimmer noch hörte. Die Nacht auf dem Koberg war nie vollkommen still. Auf den zwölf Etagen und in den sechsundneunzig Wohnungen, die ihn umgaben, lagen unzählige Menschen ebenfalls in ihren Betten, saßen noch vor dem Fernseher, stritten sich, hörten Musik oder grübelten über irgendeinem Problem. Sie alle waren da! Oke hätte nie gedacht, dass sie für ihn eine Rolle spielten. Sie waren ihm bisher völlig gleichgültig gewesen.

Ohne Vorwarnung standen ihm auch die Nächte mit

Leo wieder vor Augen. Schon damals hatte er sich gewünscht, dass sie nie enden würden.

Diese Nächte am Meer, die sie vor etwas mehr als einem Jahr zusammen in den Dünen in der Nähe des weißen Riesenrads verbracht hatten, waren sein größter Schatz. Aber auch sein größter Schmerz.

In diesen Nächten hatten sie sich in die tiefe Dunkelheit geschmiegt wie in die Sandkuhlen der Dünen. Rechts Oke und links neben ihm Leo, die er kannte, so lange er denken konnte.

Und sie schwiegen. Und sie redeten. Die ganze Nacht.

Das weiße Riesenrad ragte in den dunklen Himmel, irgendwo rauschte das tiefschwarze Meer. Einmal wagten sie es sogar, schwimmen zu gehen, wateten aber schnell wieder aus dem Wasser hinaus. Zu unheimlich war die Schwärze, die sie umgab, sobald sie ein paar Meter hinausgeschwommen waren. Man verlor vollkommen die Orientierung.

Oke und Leo verbrachten wie immer die Ferien zusammen. Das hatten sie sich nicht selbst so ausgesucht, aber hätte sie jemand gefragt, ob sie lieber mal alleine und ohne den anderen in die Ferien fahren wollten, hätten beide wahrscheinlich erschrocken „Bloß nicht!“ gerufen.

Die Eltern kannten sich seit ihrer Jugend und hielten den Kontakt, auch wenn die beiden Familien längst an verschiedenen Orten wohnten. Schon im Dezember planten sie, wo sie sich im nächsten Jahr wiedersehen würden. Für Oke und Leo war das völlig normal und selbstverständlich gewesen, sie freuten sich aufeinander, so wie die Erwachsenen auch, und verbrachten dann jede Minute miteinander.

In diesen Sommerferien vor einem Jahr, von denen niemand ahnte, dass es die letzten sein würden, war es jedoch plötzlich anders zwischen ihnen. Sie zogen sich mehr noch als in anderen Jahren vor den Eltern zurück, gingen alleine am Strand entlang oder fuhren mit den Rädern in die umliegenden Dörfer, wenn die Hitze sie nicht ans Wasser zog. Ihr Beisammensein hatte einen anderen Ton bekommen und war von einem neuen, unbekannten Glanz begleitet, der beide ganz und gar erfüllte, aber auch irritierte.

Immer wollten sich die Hände berühren und ganz nah beieinander sein, als müssten sie sich einfach der inneren Nähe entsprechend verhalten. Wenn sie in den Dünennächten nebeneinanderlagen, war wirklich kein Zentimeter mehr zwischen ihnen. Und wenn Leo ihren Kopf auf Okes Brust legte und er eine ihrer Haarsträhnen durch seine Finger gleiten ließ, war nichts so normal wie eben das. Sie war seine Seelenverwandte. Nur das Herzklopfen, das alles begleitete, hatte Oke vorher nicht gekannt.

Diese Nächte damals waren nicht ganz so dunkel gewesen wie die Nacht hier im Bunker, in der Ferne war die Beleuchtung der Strandpromenade zu sehen gewesen. „Weißt du was?“, hörte er Leos Stimme wieder. „Dieses gelbe Licht sieht aus, als wäre das da hinten eine andere Galaxie, von der wir Millionen Kilometer entfernt sind.“

Das war so typisch Leo, dass er darüber lachen musste. Es kam ihm vor, als läge sie hier direkt neben ihm im Bunker und hätte das gerade erst gesagt. Und gleichzeitig war ihm zum Heulen zumute. Weil ihre Stimme nur noch in seinem Kopf zu hören war.

Immer hatte sie solche überraschenden Einfälle gehabt, die ihm ein ums andere Mal Bewunderung abverlangten und ihn jedes Mal ein bisschen mehr davon überzeugten, dass sie absolut einzigartig war: „Kannst du dir vorstellen, dass auf der anderen Seite der Erde jetzt zwei Leute am Strand sitzen, die sich fragen, ob gerade auf der anderen

Seite der Erde ebenfalls zwei Leute am Strand sitzen, die sich fragen, ob jemand an sie denkt?“ Oke war schon beim Zuhören schwindelig geworden. Schwer war es, eine Antwort zu geben, die sich nicht völlig unsinnig anhörte.

„Ich meine, ist es grundsätzlich wichtig, dass wir überhaupt an jemanden auf der anderen Seite der Erde denken? Kann es uns nicht völlig egal sein?“ Das war schon Leos nächste Frage gewesen, ohne dass die erste beantwortet worden wäre. Es kam eben gar nicht auf die eine, einzige richtige Antwort an, wie bei den 120 Rateshows im Fernsehen, die die Eltern selbst im Urlaub so gerne schauten. Leos Fragen und Ideen waren eher eine Einladung, sich darauf einzulassen und gemeinsam Denkmöglichkeiten durchzuspielen. Ja, es war ein Spiel, aber eines, bei dem Oke merkte, wie viel es ihm bedeutete.

Es war ihm manchmal so vorgekommen, als liefen bei ihm und Leo alle wichtigen Fragen dieser Welt zusammen. Sie beide, umgeben von einer unsichtbaren Höhle, saßen am Lagerfeuer aller bedeutsamen Überlegungen der Menschheit.

Was fragten sich die Eltern schon? Sie verbreiteten jeden Tag angestrengt Fröhlichkeit, planten ihre Ausflüge oder Strandtage, gingen zwischendurch eine Runde schlafen und diskutierten dann, was es zu Essen geben sollte. Einerseits war die Sicherheit, mit der die Erwachsenen das alles taten, wohltuend und Leo und Oke schlossen sich ihnen gerne an. Meistens jedoch fanden sie das alles einfach nur öde und gingen ihrer eigenen Wege.

Nie hatte es auch nur eine einzige Stunde gegeben, die Oke langweilig vorgekommen wäre, wenn er mit Leo zusammen war. Alles, wirklich alles hatte in ihren Gesprächen Platz gehabt, selbst so etwas vollkommen Abseitiges wie Gott. Leo konnte fragen: „Was denkst du eigentlich, hat Gott gemacht, bevor er die Welt erschaffen hat? Sich irgendwo anders im unendlichen Weltraum herumgetrieben und erst mal geübt?“ Dann kugelte sie sich vor Lachen und Oke wusste nicht, ob das nur ein Witz sein sollte oder ein weiteres Spiel.

„Glaubst du, da ist was dran an diesem Gott-Gerede?“

Leo hatte aufgehört zu lachen und sah Oke an. „Redet überhaupt noch jemand über den alten Mann? Oder die alte Frau? Ich glaube, der oder die hat ziemlich ausgedient. Dabei ist das doch eine ganz schöne Vorstellung, dass da irgendwo noch einer ist, der mit einem Paradies auf uns wartet.“

Gedankenverloren wickelte Oke eine von Leos Haarsträhnen um seinen Finger. „Glaubst du das echt?“

„Ist doch besser als so ein schreckliches schwarzes Nichts, in dem man verschwindet!“

Die Haarsträhne war Oke entglitten und er sagte mit Nachdruck: „Aber das ist doch nur ausgedacht!“

„Das Nichts?“

„Ne, das Paradies!“

Wieder lachte Leo. „Ja, und? Alles, was wir denken, ist doch gedachtes Zeug. Wenn wir träumen oder wenn wir uns Geschichten ausdenken – das hilft uns doch, uns in diesem Leben zurechtzufinden und es auszuhalten.“

Oke schnalzte mit der Zunge. „Ja, vielleicht, als wir kleine Kinder waren.“

Leo war aufgesprungen und setzte sich auf ihre Knie. „Quatsch, du dummer Oke Beermann, nicht nur, als wir kleine Kinder waren. Das braucht man doch immer!“

„Geschichten?“

Auch wenn es dunkel war und Oke Leos Augen nicht

sehen konnte, er spürte, wie sie leuchteten, als sie sagte: „Ja, klar, Geschichten sollte es auf Rezept in der Apotheke geben! Das ganze Leben besteht aus Geschichten, die wir uns erzählen, damit wir uns spüren, damit wir wissen, wer wir sind und andere davon überzeugen können. Damit wir wissen, wo vorne und hinten in unserem Leben ist, und was gut ist und was schlecht."

Oke musste heute noch zugeben, dass er Leo damals etwas mitleidig angesehen hatte.

„Aber es gibt für all das Gründe, die dir Naturwissenschaftler haarklein erklären können. Wie dieser Planet Erde entstanden ist und dass er auch mal wieder untergehen wird. Warum hier Leben entstanden ist und nach welchen Gesetzmäßigkeiten es funktioniert."

Leo seufzte. „Und das stellt dich zufrieden? Sollen das etwa Argumente gegen die Geschichtenbedürftigkeit der Menschen sein? Pff!"

Oke lachte noch ein bisschen, aber längst nicht mehr so laut, und dann waren sie still und das war gut.

Auch wenn sie schwiegen, war ihr Beisammensein das Wichtigste. Das Schweigen war nur der Anlauf für das nächste Gespräch. Und das konnte überall stattfinden. Auf der großen Terrasse des Cafés zum Beispiel, das etwas erhöht an der Strandpromenade lag. Von dort betrachteten sie stundenlang die Menschen, die an ihnen vorbeigingen, auf ihren Handtüchern im Sand lagen oder mit ihren Kindern spielten. Wer von ihnen würde sein Leben opfern, wenn es plötzlich von ihm verlangt würde? Wer würde eingreifen, wenn neben ihm ein anderer verprügelt oder nur beschimpft würde? Konnte man das jemandem ansehen? Waren das Gute und das Schlechte in jedem Menschen gleich verteilt? War es besser, dem guten Potenzial eines Menschen mehr zu vertrauen, oder waren alle gleich fähig, zu Mördern zu werden?

„Ich auf keinen Fall", sagte Oke damals, „ich bin viel zu feige, jemandem ein Messer in den Rücken zu rammen!"

„Soso", erwiderte Leo, „kommt vielleicht auf die Situation an."

Wie recht sie damit gehabt hatte! Nicht nur, wenn er an Hansmann aus der zehnten Etage dachte, der sich zehn Stockwerke hinabgestürzt hatte. Daran war kein Messer oder sonst eine Waffe schuld! Niemand hatte Hansmann dazu gezwungen. Es war viel komplizierter. Aber es war der Grund gewesen, warum Oke alles in Frage gestellt hatte, das gesamte Crowland.

Als sie auf der Terrasse des Cafés die Leute beobachtet hatten, lag das noch in weiter Ferne.

„Wer von denen wohl zu den Po-Jama People gehört?"

„Zu wem?"

Leo spielte Oke auf ihrem Handy ein Lied vor, das sie in der Plattensammlung ihrer Großmutter entdeckt hatte.

Die Gitarrenläufe des Intros führten geradewegs zu einer eigenwilligen Musik, in der Klavier und Schlagzeug sich abwechselnd den Vorrang ließen, doch nie aus den Augen verloren, bis die E-Gitarre wieder das Kommando übernahm. Aber wie! Kein Harmoniegedudel, sondern eine energiegeladene Spielwiese, auf der sich die Rhythmen kreuzten und fast alles erlaubt war.

„So was hört deine Großmutter?"

Leo grinste. „Gut, nicht?"

„Und wer sind jetzt diese Po-Jama People?"

„Na, die Langweiler!"

Und sie checkten alle Leute um sie herum noch einmal genau darauf ab.

„Ganz schön viele!“ Und wieder kugelte sich Leo vor Lachen und spielte den Song in den Dünen auf ihrem Handy noch 120 Mal ab, bis sie es am Ende mitsingen konnten.

Die Nacht am Strand zog vorüber. Irgendwo hinter ihnen ging die Sonne auf und warf ein zartes Licht übers Meer. Die Konturen des weißen Riesenrads direkt vor ihnen wurden immer schärfer, bis Leo sagte: „Okay, let's go!“ Dann rannte sie die steile Düne hinunter Richtung Strand, warf dabei die Arme in die Luft, schlenkerte sie in alle Richtungen und juchzte. Oke stapfte mit großen Schritten durch den tiefen Sand hinter ihr her. Er freute sich darauf, gleich mit dem wohligen Gefühl ihres nächtlichen Beisammenseins in seinem Bett einzuschlafen.

Dass Oke sich im Bunker so genau und in allen Einzelheiten an diesen Sommer erinnern konnte, kam nicht von ungefähr. Er hatte ihn sich schon unendlich lange nicht mehr erzählt, denn die Wut auf Leo, auf seine Eltern und überhaupt die ganze Welt hatte sich dagegengestemmt. Wut auf Leo! Dass es die einmal geben könnte, hätte er nie für möglich gehalten.

Wusste Leo es damals schon? Hatte sie deshalb so viele Fragen gestellt, so viele erstaunliche Gedanken gehabt, weil ihr klar war, dass die Zeit, in der sie sie stellen konnte, begrenzt war?

Wenn Oke diese Frage in den Sinn kam, spürte er ihn wieder deutlich, den Verrat. Dass sie ihm etwas verheimlicht hatte und dieses Schweigen bis in die Gegenwart reichte.

Oke schob diesen Gedanken beiseite. Im dunklen Bunker halfen ihm die Erinnerungen an Leo durchzuhalten und nicht verrückt zu werden.

16

Mo legte den Controler aus der Hand. Wenn er sich nach einer Session nicht dazu zwang, das Spiel zu schließen, würde er noch die ganze Nacht vor dem Bildschirm hocken bleiben. Seine Eltern schliefen schon seit Stunden und kümmerten sich nicht darum, was er machte. Er warf ein Blick auf sein Handy. Drei Uhr sieben.

Die Zahlen verlöschten und Mo spürte plötzlich, wie müde er war. Er legte den Kopf zurück, konnte sich aber nicht aufraffen, vom Sofa aufzustehen. Er genoss es, sich einfach von der Dunkelheit einlullen zu lassen. Die Hitze hatte endlich nachgelassen und eine laue Brise wehte ins Zimmer hinein.

Fast hatte er die Grenze des Schlafes erreicht, da schreckte Mo plötzlich von der widerlich hohen Frequenz einer Mücke hoch. Erschrocken schlug er um sich und war wieder wach. Er seufzte, stand auf und ging hinaus auf den Balkon. Immer noch saßen Leute auf der Wiese und erzählten sich etwas. Die Nacht war voller Grillengezirpe und Gemurmel.

Das Gemurmel kam aus einem unbestimmten Off. Die dazugehörigen Menschen waren von den Schatten der Bäume und Sträucher nicht zu unterscheiden. In großen Abständen standen Laternenpfähle in gelblichen Lichtpfützen. War das Perschau rechts am Rand des Müllhauses? Eine Gestalt beugte sich über etwas, das eindeutig nach einem Fahrrad aussah.

Mo spürte sein Handy in der Hosentasche brummen. Pat? Mitten in der Nacht?

Siehst du, was ich sehe?

Mo schaute sich irritiert um, dann bemerkte er auf einem der Balkone in seiner Nähe den kleinen roten Glühpunkt einer Kippe. Pat hatte seinem Bruder mal wieder eine Zigarette geklaut.

Mo tippte in sein Handy: *Perschau?*

Das glühende Pünktchen sprang zustimmend auf und ab. Kurz darauf brummte das Handy wieder. *Komm, wir schnappen ihn uns!*

„Oh, Mann, dieser Pat", dachte Mo. „Heute Nachmittag hat er so ein Riesentheater gemacht, und jetzt will er ausgerechnet mit mir diesen krummen Hund von Hausmeister stellen?"

Jetzt?

Es dauerte nur wenige Sekunden, dann kam eine neue Nachricht von Pat: *Willst du wirklich lieber auf dem Balkon rumstehen, als etwas Sinnvolles zu tun!? Wir sehen uns unten!*

Mo seufzte. Er saß in der Falle. Nicht nach unten zu gehen wäre nur ein weiterer Beweis seiner Unfähigkeit gewesen. Dabei hatte er überhaupt keine Lust, mitten in der Nacht irgendjemandem hinterherzulaufen.

Er verließ auf Zehenspitzen die Wohnung.

17

Ein Schlag gegen die Bunkertür. Oke zuckte erschrocken zusammen, sprang auf und starrte gebannt in die Dunkelheit. Nichts. Vielleicht war nur ein Ast oder eine Kastanie gegen die Tür gefallen. Er ließ sich seufzend zurück auf die Matratze sinken und wartete darauf, dass sein galoppierender Herzschlag wieder langsamer wurde. Oke wünschte sich, dass auch seine Gedanken einfach still sein und die Fresse halten konnten.

Unvermittelt brach eine Tränenwelle aus ihm heraus und schüttelte ihn. Konnte nicht jemand kommen, der ihn aus dem Drecksbunker befreite, eine Riesenhand, die ihn herausriss aus diesem Loch, damit die beschissene Nacht endlich vorüber war?!

Langsam, sehr langsam beruhigte er sich wieder.

An Schlaf war allerdings nicht mehr zu denken. Dafür waren die Gedanken an Leo wieder da. Sie passten zu der Düsternis, die ihn umgab.

Auf die strahlenden Tage und Nächte am Meer war ein jäher Absturz gefolgt, keine Fortsetzung wie sonst. Das Normale wäre gewesen, dass sie den Rest der Ferien abwechselnd bei ihm auf dem Koberg und dann bei Leo in München verbracht hätten. Doch diesmal kam es anders. Am letzten Abend beim Essen mit den Eltern hatte Leos Vater das Gespräch wieder einmal auf seine anstehende, angeblich berufliche Reise in die USA gebracht und sprach Leo direkt an: „Kommst du nun mit?“

Und sie antwortete mit leuchtenden Augen: „Ja!“

Oke fiel damals fast die Gabel aus der Hand, als er dieses Ja hörte. Das kam völlig unvorbereitet für ihn. Nachdem Leo irgendwann mal nebenbei gesagt hatte: „Da muss ich noch drüber nachdenken!“, hatte sie kein einziges Wort mehr mit ihm darüber gesprochen. Sie hatten weder darüber diskutiert, ob das überhaupt eine gute Idee war, ihren Vater zu begleiten, noch darüber, wie das wäre, die gemeinsame Zeit mit Oke dafür aufzugeben. Es war ihr also egal! Scheinbar brauchte sie ihn nicht für diese Entscheidung, sondern hatte das ganz alleine mit sich selbst ausgehandelt.

Wie fremd war sie ihm in diesem Moment!

Ihre innige Zweisamkeit, die ihn völlig ausgefüllt hatte, zerbröselte auf einmal zu Asche. Und dabei lächelte sie auch noch. Oke fühlte sich überrumpelt und verraten.

Es gab keine Möglichkeit mehr, darüber zu sprechen. Nach dem Abendessen fand das Feuerwerk am Strand statt, auf das sie sich schon lange gefreut hatten, und anschließend gab es noch etwas für die anstehende Abreise zu packen. Eine weitere Nacht in den Dünen war kein Thema gewesen und Oke ging wie eine leere Coladose ins Bett, zerdrückt, deprimiert und jeglichen Sinns beraubt.

Daran hatte auch das kleine Abschiedsgeschenk nichts ändern können, das Leo ihm am nächsten Morgen in die Hand drückte, bevor sie losfuhren. Ein blauer Stein, der genau in seine Hand passte.

„Nachtblau!“, flüsterte sie und lächelte immer noch. „Ich schreib dir“, hatte sie hinzugefügt, und dann war sie in das Auto ihrer Eltern geklettert und hatte ihm gewunken, bis er aus ihrem Blickfeld geraten war.

Das war das letzte Bild von Leo, das Oke geblieben war. Nichts, was man behalten wollte, das irgendeinen Glanz gehabt hätte. Nur Unverständnis, Befremdung und Enttäuschung. Als hätten die Dünennächte einfach nicht existiert.

Die ganze Heimfahrt über hatte Oke kein Wort gesagt.

Seine Eltern waren wahrscheinlich sogar froh darüber gewesen, denn sie waren müde vom Abreisestress und hingen ihren eigenen Gedanken nach. Aber so war es eigentlich immer, wenn der Urlaub mit den Freunden zu Ende war. Die Eltern waren mit einem Schlag wieder die normalen schweigsamen, mit sich selbst beschäftigten Erwachsenen, die sie immer waren, wenn keine Ferien waren. Als hätte sie jemand ausgetauscht.

Je näher sie dem Koberg kamen, umso mehr hatte sich zu Okes Enttäuschung eine schwelende Wut gesellt. Leo hatte ihn einfach im Stich gelassen! War überhaupt irgendetwas wahr von dem, was sie verbunden hatte? Hatte sie ihn nur als Ferienvergnügen benutzt?

Dann wieder schien ihm das völlig unmöglich. Dafür kannten sie sich doch schon viel zu lange.

Als sie endlich auf dem Koberg angekommen waren, schwiegen die Eltern noch verbissener. Sie kehrten ins Hochhausviertel nur zurück, weil sie mussten, nicht, weil es ihnen dort besonders gut gefiel. „Holst du uns Fritten?", war die Frage, von der Oke schon wusste, dass sie kommen würde. Wenn sie nach einer langen Autofahrt nach Hause kamen, war der Kühlschrank leer und niemand hatte Lust, einkaufen zu gehen oder zu kochen.

„Und bring doch vom Kiosk noch ein paar Milchbrötchen für's Frühstück mit", hatte seine Mutter ihm noch hinterhergerufen.

„Klar", hatte Oke gedacht, „lasst mich nur mit dem Scheiß allein!", hatte den Aufzug genommen und war grantig Richtung Kiosk abgezogen.

Da war Zachy ihm das erste Mal begegnet.

18

Mo wartete im Hausflur auf den Aufzug, und je länger es dauerte, umso größer wurde sein Verlangen, in die Wohnung zurückzukehren und schlafen zu gehen. Er konnte sich gerade noch beherrschen, gegen die Tür zu treten, da kam das blöde Ding endlich. Als Mo wenig später das Erdgeschoß erreichte, war Pat schon da und riss ungeduldig die Aufzugtür auf. „Wie lange dauert das denn bei dir!?", zischte er und wollte gleich Richtung Haustür losstürmen, doch Mo hielt ihn zurück.

„Warte doch!", rief er und versuchte dabei, nicht zu laut zu sprechen. „Lass uns doch erst mal einen Plan machen!"

Pat blieb abrupt stehen. „Was für einen Plan? Wir gehen jetzt raus und schauen, was da los ist!"

Mo unterdrückte ein Seufzen. „Ja, aber zuerst überlegen wir, ob wir rechts oder links ums Haus gehen! Wo stehen mehr Laternen? Hast du außer Perschau noch jemanden gesehen?"

Pat trat von einem Fuß auf den anderen. „Okay, ich würde vorschlagen, wir bleiben möglichst im Schatten der Hauswand."

Mo nickte. „Und was machen wir, wenn wir Perschau mit dem Rad begegnen, das er sich unter den Nagel gerissen hat?"

„Das überlass mal schön mir", sagte Pat mit Nachdruck, „der weiß schon, was er dann zu erwarten hat!"

Mo war sich nicht sicher, was das zu bedeuten hatte, wollte aber nicht weiter diskutieren.

Pat öffnete vorsichtig die große gläserne Haustür, und sofort tauchte der Bewegungsmelder den Eingangsbereich in helles Licht. „Shit!" Beide atmeten erleichtert auf, als die Lampe am Eingang kurze Zeit später wieder verlosch. Sie schlichen hintereinander weiter, vermieden es, auf die lockeren Kellerroste zu treten, und erreichten die große Wiese, die sich links von ihnen ausbreitete. Perschau, wie er sich an einem Fahrrad zu schaffen machte, war nirgendwo zu sehen. Ob er das Rad schon in seinen Keller geschafft hatte?

In etwa 20 Meter Entfernung saß eine kleine Gruppe junger Leute rauchend im schwachen Lichtkegel einer Laterne und hörte Musik. Sie rührten sich nicht, als Pat und Mo weiterschlichen, offenbar waren sie zugedröhnt, oder der nächtliche Schatten des Hauses machte die beiden tatsächlich unsichtbar.

Pat hob einen Daumen, den Mo nur schemenhaft wahrnahm. Im geduckten Lauf erreichten sie einen gepflasterten Weg, der über die Wiese hinüber zu Komplex B führte. Sie nahmen den Weg zum nächsten Hochhaus, mieden aber weiträumig den Eingangsbereich, um nicht wieder den Bewegungsmelder zu aktivieren. Rechts führte eine Treppe hinunter in den Fahrradkeller, die Tür war jedoch verschlossen. Wenn Perschau hier verschwunden war, hatten sie keine Chance, ihn noch zu erwischen.

Ein Stück weiter kamen sie wieder auf einen Weg, der vom Haus weg zu einem kleinen Platz führte, der von einer niedrigen Mauer eingefasst war. Dahinter hatte sich wilder Sommerflieder ausgebreitet. Pat bedeutete Mo stehenzubleiben, horchte und deutete dann mit dem Finger auf diese Stelle. Mo runzelte fragend die Stirn. „Da sitzt jemand!“, flüsterte Pat. „Ich wette, Perschau ist dabei. Komm!“

Pat lief los, bevor Mo ihn zurückhalten konnte. Also schlich er hinterher. Sie hockten sich an die Stelle hinter den Sommerflieder, wo die Stimmen deutlich zu hören waren.

„Bist du sicher, dass morgen wirklich alles glattgeht?"

Mo runzelte die Stirn, das war auf jeden Fall nicht Perschau.

„Aber klar doch, das läuft! Die Bullen haben den Koberg schon lange auf dem Kieker. Das wird ein voller Erfolg morgen, für die – und für uns."

Pat sah fragend zu Mo. Aber auch diese Stimme kannten sie nicht.

Einer der Männer lachte leise. „Die werden sich ganz schön wundern!"

Pat gab Mo einen Stoß mit dem Ellenbogen. Das war eindeutig Perschau, der Hausmeister.

„Das nenne ich gute Planung!", sagte nun wieder die mittlere Stimme, und man konnte hören, dass der Mann eine Flasche an den Mund setzte und den letzten Rest austrank. Mo hatte den unbestimmten Eindruck, dass er diese Stimme schon einmal am Kiosk gehört hatte.

Der Mann rülpste leise. „Dieser Zachy ist echt der Hammer, hat keine Angst und überhaupt keine Skrupel, solche Männer braucht das Land."

Pat und Mo sahen sich im Dunkeln erschrocken an. Hatte der da gerade Zachy gesagt?

„Der bekommt ja auch genug Asche dafür!", war jetzt wieder die erste Stimme zu hören.

„Auch von mir übrigens!", sagte Perschau. „Ständig kommen diese Vögel von den Crows bei mir an und wollen was!"

„Ja, gib ihnen ruhig hin und wieder mal einen Fuffi, damit sie nicht auf dumme Gedanken kommen. Hab dein Gehalt doch eh gerade erhöht." Die unbekannte Stimme machte eine Pause. „Und du, Michel, halt deine Parteipläne noch etwas unterm Deckel, die kommen schon noch dran! Erst das eine, dann das nächste, okay?“

„Jaja, ich weiß“, antwortete Michel, „aber die Vorarbeit, ich sag euch, die Vorarbeit ist das A und O. Ohne Planung kein Gewinn!“

Die Männer lachten zustimmend. Als Nächstes hörten Pat und Mo, wie sie sich in Bewegung setzten und ihre Bierflaschen einsammelten.

„Wenigstens gibt's jetzt endlich mal eine Perspektive! Wird ja auch Zeit. Stellt die Flaschen ruhig da in die Ecke, irgendwer wird sie morgen schon zu Petermann an den Kiosk bringen.“

„Morgen? Heute! Es ist schon nach drei und ich muss noch eine halbe Stunde bis nach Hause fahren.“

„Hast ja ein schnelles Auto! Macht's gut, wir sehen uns.“

Die anderen murmelten etwas Unverständliches, dann schluckte der Schatten von Komplex B die drei dunklen Gestalten.

Im Lichtkegel einer Laterne tauchte der Hausmeister noch einmal auf, wie er ein Fahrrad mit plattem Reifen Richtung Keller schob. Es machte ein quietschendes Geräusch und Perschau hatte sichtlich Mühe, damit vorwärtszukommen. Pat sah ein, dass es diesmal nichts gab, was er dem Hausmeister vorwerfen konnte. Doch das war ihm im Moment vollkommen egal. Das blanke Entsetzen über den Namen, den sie gerade gehört hatten, saß ihnen in den Knochen.

„Sag mal, Mo, hast du eine Ahnung, was das mit Zachy zu bedeuten hat?“

Mo schüttelte den Kopf.

„Was hat Zachy mit diesen Arschgeigen zu tun?“, fragte Pat weiter. „Und du weißt wirklich nichts?“

Mo schüttelte erbost den Kopf. „Nie hat Zachy irgendetwas darüber gesagt, dass er mit denen was am Laufen hat. Und das ist verdammt krass, denn es bedeutet, er bekommt für irgendeine Schweinerei Geld von denen, ohne dass wir etwas davon wissen!“

Eine Mischung aus Enttäuschung und Wut machte sich in ihm breit.

„Der kann was erleben, wenn er wieder auftaucht!“, fauchte Mo und schlug mit der Faust auf den Boden.

„Kannst du laut sagen“, erwiderte Pat. „Und was ist mit Oke, steckt der auch mit drin? Ich kapier das alles nicht.“ Pat sprang auf und lief, ohne auf Licht und Schatten zu achten, nach Hause. Missmutig und voller schwerer Gedanken folgte ihm Mo. Zachys Verschwinden erschien ihm plötzlich in einem anderen Licht. Vielleicht war er gar nicht zum Vergnügen verschwunden, sondern auf der Flucht.

Aber wie passte Oke ins Bild?

19

Oke erinnerte sich genau, wie er damals, als sich nach den Ferien am Meer alles so falsch angefühlt hatte, zum Kiosk gekommen war und diesen fremden Jungen gesehen hatte. Der war schmal, trug die strähnigen Haare bis auf die Schultern und quatschte mit den Männern, die rechts und links neben ihm am Kiosktresen standen, als würde er sie schon ewig kennen. Darin lag etwas Hochmütiges, hatte Oke gedacht: Der spielt sich auf und ignoriert die Regeln.

Wenn man irgendwo neu war, hielt man sich erst einmal zurück. Aber vielleicht entsprach diese Vorstellung ja auch nur Okes eigenen Komplexen. Da hatte Oke sich noch ein bisschen mehr über diesen Neuling geärgert. Außerdem sah der weder besonders gut aus noch war er besonders liebenswürdig. Obwohl er mit jedem quatschte, wirkte er immer ein bisschen verdrießlich und so, als würde er sich über alles ärgern.

Okes Abneigung wurde in den folgenden Tagen noch einmal verstärkt. Zum einen wusste er vor Langeweile nicht wohin mit sich. Wenn er sich dann doch einmal aufraffte und seine Bude verließ, lief ihm dieser Junge über den Weg. Oke sah ihn, wenn er auf dem Balkon saß und zwischendurch hinunterschaute, wenn er sein Fahrrad aus dem Keller holte, um ein paar Runden zu drehen, selbst wenn er den Müll rausbrachte. Dieser andere hatte überhaupt kein Problem damit, sich die Zeit zu vertreiben, er hielt einfach jeden an und quatschte mit ihm. Bloß Oke ignorierte er. Absolut nichts hatte darauf hingedeutet, dass die beiden jemals etwas miteinander zu tun haben könnten, ganz im Gegenteil!

Als Oke im Bunker daran dachte, fragte er sich, warum

er seiner Abneigung nicht mehr vertraut hatte? „Wäre ich meinem Instinkt treu geblieben, säße ich jetzt nicht hier in dieser Gruft!“, dachte er bitter.

Aber dann war da dieser Mittwoch gewesen, an dem seine Mutter spätnachmittags von der Arbeit kam und an seine Zimmertür klopfte: „Ich soll dir von Zachy ausrichten, dass er morgen ins Schwimmbad gehen will. Er fragt, ob du Lust hast mitzukommen.“

Oke hatte sein Spiel auf Pause gesetzt und sah der Mutter nach, die im Flur verschwand. „Wer ist Zachy?“

Die Mutter sprach nebenan mit sich selbst und beschwerte sich, dass es auf der Rückfahrt von der Arbeit im Bus viel zu heiß gewesen war, dann rief sie: „Das ist dieser Junge, der letzte Woche hier eingezogen ist. Schwimmbad ist ja wirklich eine gute Idee. Wieso bist du noch nicht selbst draufgekommen. Hängst stattdessen jeden Tag nur in deinem abgedunkelten Zimmer herum!“ Plötzlich stand sie wieder in Okes Zimmer und reichte ihm eine Postkarte. „Leo hat geschrieben.“

Oke war sich nicht sicher, ob er sich ärgern oder nur wundern sollte. Ärgern über die blöde Bemerkung seiner Mutter, ärgern über Leos blöde Postkarte oder wundern über diesen Neuen, der ihn etwas fragen ließ, obwohl sie doch noch kein einziges Wort miteinander gewechselt hatten. Und dann sprach der auch noch seine Mutter an, statt Oke zu fragen! Wie beknackt war das denn?! Woher wusste er überhaupt, dass Oke existierte? Nicht mal ein Seitenblick hatte diese Existenz jemals bestätigt. Hatte Zachy ihn mit der gleichen stillschweigenden Aufmerksamkeit wahrgenommen wie Oke ihn?

Oke musste zugeben, trotz seiner Abneigung gegen den Jungen hatte ihm das damals im hintersten Winkel seiner

Seele geschmeichelt. Anscheinend war etwas an ihm, das Zachy interessant fand. Dass Zachy auf ihn zugekommen war, obwohl es keine positiven Signale irgendeiner Art von Oke gegeben hatte, war nicht nur erstaunlich, sondern auch unglaublich verführerisch gewesen. Es war Oke fast wie ein Wunder erschienen – oder zumindest als ausgleichende Gerechtigkeit –, nachdem Leo ihn so sträflich verraten hatte. Konnten die letzten Ferienwochen doch noch irgendwie erträglich werden?

Es gab keinen Zweifel daran, dass sie mehr als nur erträglich geworden waren, das musste er in seiner Matratzengruft zugeben. Diese beiden Wochen verdrängten seine trüben Gedanken an Leo damals so vollständig, wie er es nie für möglich gehalten hatte. Etwas Unvorhersehbares entstand in dieser Zeit, das Oke einen völlig neuen Sinn gab, vor allem aber ein Ziel. Die Crows! Leos Postkarte hatte er ungelesen in die Ecke gepfeffert.

Zachy und Oke gingen nicht nur einmal, sondern ab sofort fast jeden Tag ins Freibad. Ohne zu zahlen! Beim ersten Mal wunderte Oke sich über die Handvoll Centmünzen, mit der Zachy an der Kasse bezahlt hatte. Am nächsten Tag meinte er: „Mist, ich hab mein Geld vergessen“, und Oke übernahm den Eintritt. Am dritten Tag führte Zachy ihn am Eingang vorbei an eine Stelle am Zaun, die von einer dichten Hecke überwuchert war. Zachy zog plötzlich einen dicken Handschuh aus der Tasche und bog die Sträucher beiseite, dann schlüpften sie beide hinein und gelangten zu einer Stelle, an der der Zaun kaputt und auseinandergebogen war. „Cool?“, fragte Zachy und machte ein triumphierendes Gesicht. Oke hatte genickt, obwohl ihm dieser Weg nicht gefallen hatte. Das mulmige Gefühl, hier einzusteigen, war er die ganzen Ferien über nicht wirklich losgeworden. Aber wie bescheuert wäre das gewesen, wenn er alleine an der Kasse gezahlt hätte! Er fürchtete, Zachy würde sich über seine Feigheit lustig machen. Die Frage, wie Zachy das Loch im Zaun überhaupt entdeckt hatte, war Oke irgendwann entfallen. Mit dem gesparten Eintrittsgeld lud er Zachy stattdessen zu Eis oder Pommes ein. Zachy hatte nie etwas zu essen dabei.

Am Rand des großen Schwimmbeckens, an den sich eine Liegewiese anschloss, hatten sie ihren Stammplatz. Der Bademeister kannte sie am Ende der ersten Woche schon und grüßte mit einem Kopfnicken. Das war natürlich Zachys Werk, der sich immer mal wieder neben den braungebrannten Rettungsschwimmer auf die Holztribüne gesetzt hatte, wenn Oke die Augen zugefallen waren. Worüber hatten die beiden geredet?

Auch in dieser Nacht im Bunker wunderte sich Oke darüber, dass er nie herausgefunden hatte, welche Art von Gesprächen Zachy mit all diesen Leuten führte. Wie fand er den Einstieg in eine Unterhaltung mit einem Wildfremden? Wahrscheinlich machte er es genauso wie mit Oke und ignorierte die Hürden einfach, die sich meterhoch vor Oke aufbauten, sobald er sich einer unbekannten Situation gegenübersah.

So hatte es auch an ihrem ersten Schwimmbadtag keiner weiteren Absprachen bedurft. Oke war sich den ganzen Abend sicher gewesen, dass er auf die Nachricht, die seine Mutter ihm überbracht hatte, in keiner Weise reagieren und einfach so zu tun würde, als ginge ihn das gar nichts an. Trotzdem war er am nächsten Tag gegen zehn Uhr mit seiner Schwimmtasche am Hauseingang erschienen. „Ich kann doch schwimmen gehen, wann ich will!“, hatte er sich eingeredet, und dann saß Zachy vor der Haustür auf dem Mäuerchen, hob die Hand zu einem unspektakulären Gruß, und sie gingen gemeinsam Richtung Bushaltestelle, als wären sie schon jahrelang auf die gleiche Weise zusammen losgezogen.

Geredet hatten sie wenig an diesem ersten Tag, und wenn, nur in Bruchstücken. „Zehn Minuten“, sagte Zachy, nachdem er an der Bushaltestelle auf den Fahrplan gesehen hatte. „Hier?“, fragte Oke, als sie nach einem Platz am Beckenrand Ausschau gehalten hatten. Dann sprangen sie ins Wasser und durchpflügten die Bahn mit der unausgesprochenen Frage, wer schneller war. Zachy kam als Erster auf der anderen Seite an, machte aber kein großes Ding daraus. Bei der Rückrunde war Oke Erster am Beckenrand. Er hatte zwar das Gefühl, dass Zachy absichtlich langsamer geblieben war, aber wer konnte das schon so genau wissen.

Mittags setzten sie sich mit ihren Pommes in den Schatten der hohen Kiefern, sahen den Turmspringern zu und schlossen sich dann einer Gruppe älterer Jugendlicher an, die sich im Wasser einen Ball zuwarfen. „Können wir mitmachen?“ Eine einfache Frage, ein Kopfnicken, schon waren sie dabei. Oke war ein um’s andere Mal erstaunt, wie ungeheuer leicht und unkompliziert das Leben sein konnte. Er genoss es und konnte doch das Misstrauen gegenüber Zachy nicht ganz vertreiben. Es war einfach, mit ihm zusammen irgendwo Anschluss zu finden, aber kaum waren sie dabei, begann Zachy auch schon, das Heft in die Hand zu nehmen und die Regeln zu bestimmen.

So war das auch beim Wasserball. Zachy führte sofort ein, dass der Ball auch mit der flachen Hand zurückgeschlagen werden durfte oder mit dem Fuß. Aber das machte nur er und vollführte dabei eine Rolle rückwärts im Wasser, über die die anderen nur staunen konnten. Irgendetwas gefiel Oke daran nicht, es war ihm sogar ein bisschen peinlich. Am liebsten hätte er den anderen gesagt: „Ich kenne den auch nicht wirklich.“ Aber niemand verlangte von ihm eine Erklärung darüber, welche Art Freund Zachy war.

Oke war froh, als sie wieder am Beckenrand in der Sonne lagen und die Krähen beobachteten, die in der Höhe darauf lauerten, dass jemand seinen Platz verließ und vergaß, Essbares in seiner Tasche zu verstauen. Sie kamen herbei und rupften Chipstüten, Keksschachteln und Butterbrotpapier auseinander und nahmen sich, was ihnen gefiel.

Oke konnte ihnen stundenlang zuschauen und wusste nach einer Weile schon ganz genau, wo sie wieder zuschlagen würden. Von der Seite sah er das nachdenkliche Grinsen, das auf Zachys Gesicht lag, während er die Krähen genauso intensiv betrachtete wie Oke.

Plötzlich wandte Zachy sich um: „Wieso eigentlich Oke? Das ist doch kein Name.“

Oke war perplex über diese Frage und die Art, wie Zachy sie stellte. Es lag etwas Unangenehmes darin, das Oke erschreckte, denn es war so weit weg von der Stimmung, die den ganzen Tag über zwischen ihnen geherrscht hatte.

„Oke ist in Norddeutschland eine Abkürzung für Otfried. Meine Eltern kommen da her.“

Zachy drehte sich auf den Bauch und lachte unverschämt. „Nicht zu glauben! Kann ich dich auch Otti nennen?“

Oke versuchte angestrengt, seine Enttäuschung zu verbergen und einfach nur ernst, aber gelassen zu bleiben.

„Dann jage ich dir mein dressiertes Wespengeschwader auf die Pelle. Das hat kein Erbarmen!“

Zachy lachte noch mehr und rief: „Ist ja schon gut, ist ja schon gut!“

Zum Glück lachte er! Und hörte auch sofort auf, ihn zu ärgern. Damals war Oke erleichtert gewesen und hatte es als gutes Zeichen gewertet, trotzdem hatte er sich vorgenommen, wachsam zu bleiben.

Wenn Oke jetzt in seiner Matratzengruft daran dachte, musste er sich eingestehen, dass ihm das nicht besonders gut gelungen war. Schläfrig sah er, dass sich an den Fensteröffnungen ein gelber Streifen Licht zeigte. Die Nacht war überstanden. Endlich konnte er einschlafen.

20

Nathan wachte am Samstagmorgen auf und wunderte sich, dass es erst sieben war. Ein ungewohntes Geräusch hatte ihn geweckt, aber er hatte keine Ahnung, was es gewesen war. Eigentlich hätte er ausschlafen können, samstags öffnete er den Kiosk immer erst um elf, doch als er die kühle Morgenluft spürte, die durchs Fenster zu ihm hereinwehte, war ihm nicht mehr nach Schlafen zumute. So angenehm frisch würde es den Tag über nicht bleiben, die Wettervorhersage hatte wieder über 30 Grad verkündet.

Während er so vor sich hin schaute, bemerkte er plötzlich das bläuliche Licht, das vor dem Fenster herumtanzte. Nathan sprang auf und sah hinunter in den weiten Hof. Vier Polizeiautos und drei Mannschaftswagen blockierten die Eingänge von Komplex A und B.

Meine Güte, wen suchten die denn? Das sah nach einer durchgeplanten Aktion aus. Sicher ging es nicht nur um eine einzige Person. Sollte es sich um die Dealer handeln, die auf dem Koberg und anderswo ihren Geschäften nachgingen? Sie lungerten an allen möglichen Ecken herum und jeder kannte sie. Wer nichts von ihnen wollte, den ließen sie in Ruhe. Sie waren sowieso oft in der nahen Stadt unterwegs, denn so viel gab der Koberg nicht her. Die Polizei kam ab und zu vorbei, nahm ihnen ihr Zeug ab und zog wieder von dannen. Mehr passierte eigentlich nie, deshalb wunderte sich Nathan über diese frühmorgendliche Aktion.

Da bewegte sich etwas am Eingang zu Komplex B. Die Polizei führte eine afrikanische Familie in einen der Mannschaftswagen. Nathan erschrak, er kannte Mamadou, dessen Frau Iris und Abed und Tayo, die beiden fast erwachsenen Söhne gut. Sie kamen nie zum Kiosk, dafür ging er abends öfter mal bei ihnen vorbei, denn Mamadou kochte den besten Fufu der Welt und ließ ihn immer gerne mitessen. Dass die Familie jetzt abgeführt wurde, konnte nur ein Irrtum sein. Die hatten weder mit Drogen noch mit sonst irgendwelchen Verbrechen zu tun. Dafür hätte Nathan seine Hand ins Feuer gelegt. Und was war mit der kleinen alten Frau aus dem siebten Stockwerk? Die war manchmal ein bisschen verwirrt. Warum wurde die auch abgeführt?

Nathan lief zum Balkon, weil er von dort eine bessere Sicht auf den Eingang von Komplex A hatte. Auch da wurden Leute abgeführt, die ihm bisher völlig unauffällig erschienen waren. Nathan sprang in seine Shorts und zog schnell ein Hemd über.

Irgendetwas stimmte hier nicht.

Als er nach unten kam, fuhren die Autos der Polizei gerade ab, Nathan konnte ihnen nur noch hinterherschauen. Dabei hätte er ihnen gerne etwas über Mamadou und seine Familie erzählt.

Viele Leute waren zusammengelaufen, um die Polizeiaktion aus nächster Nähe mitzubekommen. Nur langsam gingen sie, wild diskutierend, wieder zurück in ihre Wohnungen. Der Professor war der Einzige, der auf der Wiese blieb. Er grüßte Nathan, der sich zu ihm setzte.

„Na, schon so früh unterwegs?“, fragte der Professor und griff neben sich nach der Thermoskanne. „Kaffee?“

Nathan nickte und nahm den Becher, den der Professor ihm reichte. „Kannst du mir erklären, was hier los war?“

Der Professor schaute nachdenklich vor sich hin. „Wenn man kein Taucher ist, kann man nicht wissen, was unten im Meer passiert.“

Nathan seufzte. Was hatte das mit diesem Polizeieinsatz zu tun? Der Professor sprach einfach weiter.

„Weißt du, dass die Menschen im Mittelalter, lange bevor die erste Möglichkeit erfunden wurde tief zu tauchen, sich vorgestellt haben, die Meerestiere wären alles Ungeheuer mit Krallen und Zähnen, wie sie eigentlich nur Landtiere besitzen?"

„Du meinst, solche Ungeheuer sind auch bei uns hier auf dem Koberg im Verborgenen aktiv?"

Der Professor zuckte mit den Schultern. „Wenn man immer wüsste, was gerade geschieht und dein Leben beeinflusst, dann wäre man eine Art Superheld. Ich denke, es ist eher wie in einem Theaterstück. Der Zuschauer sitzt da und schaut auf die Bühne, aber er weiß noch nicht, welches Bild, welche Musik und welcher Schauspieler als Nächstes zu sehen sein wird. Dabei ist das alles schon vorbereitet und wartet nur auf den Moment, in dem es in Aktion treten darf."

Nathan musste schmunzeln. „Aber sind wir dazu verdammt, immer nur Zuschauer unseres Lebens zu sein?"

Der Professor schüttelte den Kopf. „Ganz sicher nicht. Wir können etwas tun – sogar eine ganze Menge. Wir müssen uns nicht nur abfinden mit dem, was geschieht, wir können selber ein neues Bühnenbild malen oder eine Musik aussuchen. Aber dafür braucht man Mut, ja, und auch Ideen. Ist gar nicht so leicht, die zu haben – und zu behalten. "

Er schwieg einen Moment.

„Nachdem ich damals die Kündigung bekommen hatte, gegen die selbst mein Anwalt nichts tun konnte – na, du kannst dir vorstellen, wie ich mich da gefühlt habe."

Nathan nickte. „Wie ein Walfisch auf dem Trockenen? Ein Handy ohne Akku? So was in der Art?"

„Ich dachte, das ist das Ende, ich lande auf der Straße! Ich lebe seit Jahrzehnten auf dem Koberg und wollte doch nicht weg von hier. Hätten nicht einige Freunde gesagt: Komm zu uns, wir haben immer ein Bett für dich frei, keine Ahnung, was ich dann gemacht hätte. Bei einem dieser Freunde wohne ich jetzt."

Nathan wunderte sich. „Und immer noch schleppst du dieses Wägelchen mit dir herum?"

Der Professor lachte. „Das ist *mein* Bühnenbild! Muss doch nicht jeder wissen, was ich am Koberg mache. Die Immobiliengesellschaft schon gar nicht. Außerdem ist das Ding praktisch, wenn man gerne draußen unterwegs ist, für den Kaffee und solche Dinge!"

Nathan streckte sich auf der Wiese aus und sah in den Himmel. „Jeder hat sein geheimes Leben", dachte er, „das er mit sich herumschleppt, ohne dass ein anderer etwas darüber weiß." Die Familie fiel ihm ein, die er immer gewollt hatte. Woher nahm er die Hoffnung, dass er sie irgendwann haben würde? Vielleicht wartete ja schon jemand auf ihn, der das selbst noch nicht wusste?

21

Mo schlug die Bettdecke zurück, die er in der Früh im Halbschlaf über sich gezogen hatte. Jetzt war er nass geschwitzt, denn es war schon halb 12 und die Sonne knallte mit voller Wucht in sein Zimmer.

Sofort rumorte die vergangene Nacht wieder in seinem Kopf. Zachy hatte hinter dem Rücken der Crows etwas mit diesen Männern am Laufen und bekam dafür auch noch Geld! Irgendwo tief in seinem Innern wünschte sich Mo, dass das alles ein Irrtum war und sie vielleicht einfach etwas falsch verstanden hatten. Aber zwei Ohrenpaare, die den Namen Zachy ganz genau gehört hatten, sprachen dagegen. Eine dumpfe Mischung aus Enttäuschung und Wut nahm immer mehr Besitz von Mo. Fast wäre er dem Impuls gefolgt, sich einfach wieder hinzulegen und weiterzuschlafen, um den Tag zu ignorieren, der nur wieder neuen Ärger bringen würde.

Wenn es doch nur eine Möglichkeit gäbe, Zachy zu erreichen! Aber er reagierte auf keine einzige Nachricht, die Mo ihm aufs Handy schickte. Und dann war da ja auch die Frage, ob und wie Oke an all dem beteiligt war. Eigentlich war es kaum vorstellbar, dass er nichts damit zu tun hatte, denn Oke und Zachy waren so eng miteinander wie sonst mit niemandem. Sollte Mo vielleicht noch einmal zu diesem Mädchen mit den kurzgeschorenen Haaren gehen, das in Okes Wohnung auf ihn wartete? Vielleicht hatte er sich inzwischen wenigstens bei ihr gemeldet. Aber im gleichen Moment wusste Mo, dass er absolut keine Lust hatte, diesem Mädchen noch einmal zu begegnen.

„Lasst mich doch einfach alle in Ruhe!“, fluchte er im Stillen. Er wischte sich den Schweiß von der Stirn, sprang auf, knallte das Fenster zu und riss den Vorhang davor. „Was hab ich mich überhaupt auf diese blöden Crows eingelassen!“, schimpfte er. Da zirpte sein Handy, eine neue Nachricht. *Hi Mo, alter Putzteufel, der Boxclub glänzt wie die Kronjuwelen der Queen von England! Kannst deinen Fuffi abholen kommen.* „Oh, Mann, dieser Rami hat eindeutig einen Hang zur Übertreibung“, dachte Mo. Dann überfiel ihn gleich die nächste schwarze Welle. Ein Fuffi, den er für die Crows erarbeitet hatte! Was für ein schlechter Witz!

Er warf das Handy aufs Bett und wollte gerade duschen gehen, da klingelte es an der Tür. Mo schnappte sich irgendein T-Shirt und sprang in seine Jeans, dann öffnete er.

„Ihr?“

Ida und Adil sahen sich erstaunt an. „Ja, wir! Können wir reinkommen?“

Mo nickte, trottete zurück in sein Zimmer, klappte das Bett zusammen und stopfte Laken, Kissen und Decken in den Korb, der daneben stand. Dann setzte er sich auf seinen Schreibtischstuhl.

„Du lebst ja hier wie in der Wüste“, meinte Adil. „Ganz schön heiß bei dir!“

Mo verdrehte die Augen. „Seid ihr gekommen, um mir das zu sagen?“

„Mensch, Mo, was ist los, haben wir dich geweckt oder warum bist du so schlecht gelaunt?“, fragte Ida empört. „Hast du gar nichts mitbekommen?“

„Wovon?“ Mo drehte sich mitsamt seinem Stuhl ein wenig hin und her.

„Na, von der Razzia heute Morgen?“

„Razzia? Ne, keine Ahnung.“

Adil atmete langsam durch die Zähne aus. „Gibt's doch nicht!"

„Ja, nun sagt schon, was denn für eine Razzia? Haben sie die Dealer verhaftet, oder was?"

Ida rutschte aufgeregt nach vorn an die Sofakante. „Einen ganzen Drogenring!"

Mo stoppte seinen Drehstuhl und stützte die Hände auf die Knie. „Wie bitte?"

Adil, der sich ganz entspannt auf dem Sofa fläzte, zog die Augenbrauen hoch. „Wenn es denn stimmt!"

Mo hatte Mühe, dem Ganzen zu folgen. „Ja, was denn jetzt?"

Ida sah ihren Bruder an, aber der überließ ihr die Antwort. „Also, heute Morgen um sieben kam die Polizei mit einem Großaufgebot und hat 20 ganz unterschiedliche Leute verhaftet, aber alle aus Komplex B. Eine der afrikanischen Familien war dabei und noch ein paar andere Leute, die allerdings bisher noch nie aufgefallen sind. Bei allen wurden angeblich harte Drogen gefunden oder Kontaktdaten irgendwelcher Dealer aus der Stadt."

„Also, ich glaube ja", mischte sich Adil ein, „dass die Bullen einer grandiosen Fehlinformation aufgesessen sind. Oder glaubst du, dass die Oma aus dem sechsten Drogen verkauft?"

„Alle aus Komplex B?" Mo versuchte, in Windeseile seine Gedanken zu ordnen. Komplex B war überwiegend Zachys Revier, und das passte verdächtig zu dem Gespräch, das Pat und er gestern Nacht belauscht hatten.

Ida und Adil nickten gleichzeitig.

Trotzdem wollte er lieber auf Nummer sicher gehen. „War einer von euren Kunden dabei?"

Ida und Adil schüttelten gleichzeitig die Köpfe.

„Na, wenigstens! Das könnten wir jetzt nicht auch noch gebrauchen." Mo sah das Fragezeichen in Adils Blick. „Also, es reicht ja schon, dass Zachy und Oke verschwunden sind."

„Allerdings!", pflichtete Adil ihm bei. „Hast du immer noch nichts von den beiden gehört?"

„Gar nichts!"

„Treffen wir uns denn trotzdem nachher zur Versammlung?" fragte Ida.

Mo zuckte mit den Schultern. Dass wieder eine Versammlung anstand, hatte er bisher erfolgreich verdrängt. Er hatte absolut keine Lust auf eine Wiederholung des gestrigen Desasters.

„Heute ist doch das Koberg-Fest. Da können wir die Versammlung eigentlich ausfallen lassen, was meint ihr?"

„Gute Idee!", stimmte Mo sofort zu.

22

Oke verschlief den halben Vormittag und hatte keine Ahnung, wie spät es war, als er die Augen aufschlug. Er sah bloß, dass die Sonne in fetten Strahlen durch die schmalen Fensteröffnungen fiel. Der Traum, den er gerade noch geträumt hatte, verflüchtigte sich mit jeder wachen Sekunde, bis Oke ihn nicht mehr zu fassen bekam.

Er griff nach einem der Müsliriegel und würgte ihn herunter. Dann setzte er die Wasserflasche an den Mund, um den letzten klebrigen Rest hinunterzuspülen. Er schüttelte sich. Das Müslizeug hing ihm sowas von zum Hals heraus! Während er noch einmal alle Ecken nach etwas Essbarem durchsuchte, das nicht aus Haferflocken, Honig und Rosinen bestand, fantasierte er von Bratwurst und Schnitzel, mit Fritten und fetter Soße. Nicht einmal ein Apfel war irgendwo zu finden.

Oke stellte sich unter eines der schmalen Fenster und lauschte, ob möglicherweise Menschen in der Nähe vorbeigingen. Doch nur das aquariumgrüne Licht der von der Sonne erleuchteten Büsche war zu erkennen. Eine Weile versuchte er es mit lautem Rufen, legte dabei die Hände um den Mund, um dem „Hallo!“ und „Ist da jemand?“ mehr Nachdruck zu verleihen, aber niemand antwortete.

Oke ließ sich wieder auf seine Matratze fallen und fühlte sich, als hätte ihn jemand ins unendliche Weltall geschossen. War das möglicherweise auch der Ort, an dem Leo sich jetzt befand? Waren sie durch diesen Zustand allergrößter Einsamkeit auf wundersame Weise wieder miteinander verbunden?

Wieder schüttelte es Oke, doch nicht vor Ekel, sondern angesichts der unfassbaren Tatsache, dass Leo nicht mehr da war. Wie eine Urgewalt brach plötzlich etwas aus ihm heraus, das bisher erfolgreich von seiner Wut in Schach gehalten worden war. Dieser Wut auf Leo, die er allen Tränen entgegengestellt hatte, damit er nicht unterging. Hier, in diesem Bunker, überschwemmte ihn die Trauer wie noch nie zuvor.

Der Morgen stand ihm wieder vor Augen, als er in die Küche gekommen war und seine Eltern dort wie erstarrte Salzsäulen am Tisch gesessen und vor sich hin gestiert hatten. Sie reagierten nicht, als er sich einen Kaffee nahm und ein Brot schmierte, bis er sie schließlich verwundert fragte: „Was ist los? Habt ihr euch gestritten?"

Wie ferngesteuert sahen sie ihn an. „Leo", war das Einzige, was sein Vater herausbrachte. Damit hatte Oke nichts anfangen können, aber dennoch begriffen, dass etwas Schwerwiegendes passiert sein musste.

„Sie hat es nicht geschafft", fügte seine Mutter tonlos hinzu.

Oke erinnerte sich, dass seine Wut schon da eingesetzt hatte, weil er immer noch nichts verstand und die Eltern ihm nicht einfach klipp und klar sagten, was los war. Was sie in diesen Zustand der Erstarrung gebracht hatte, kam nur stockend und unter allergrößter Anstrengung aus ihnen heraus, so sehr versuchten sie ihre Erschütterung unter Kontrolle zu halten. Es war ein zäher Bericht darüber, dass Leo schon lange unter einer unsichtbaren, tückischen Krankheit gelitten hatte, von der sich die Familie als letzte Möglichkeit in Amerika Heilung erhofft hatte. Die Therapie dort hatte aber nicht angeschlagen, plötzlich war eine massive Verschlechterung eingetreten, die schließlich unerwartet schnell zum –.

Noch bevor sein Vater den Satz zu Ende gebracht hatte,

war Oke aus der Küche gerannt und hatte die Tür mit voller Wucht hinter sich zugeschlagen.

Die Wut, die mit jedem weiteren Wort intensiver in ihm zu lodern begonnen hatte, war schließlich zu einem Feuerball geworden, der ihn vollständig ausgefüllt und zum Explodieren gebracht hatte.

Er war in sein Zimmer gestürmt, hatte auf Tisch, Stühle und Bett eingeschlagen und dabei gebrüllt wie ein verwundetes Tier. „Warum hat mir niemand etwas gesagt?? Warum hat Leo mich so betrogen? Warum haben mich alle behandelt wie ein dummes Kleinkind, das die Wahrheit nicht vertragen kann? Wir hätten doch –!“

Oke blieb mitten im Gedankenwust stecken und hätte am liebsten allen das Wort „Verrat“ wie ein Beil in den Schädel gerammt. Und Leo war von allen die größte Verräterin. Jede Nacht, die sie miteinander am Strand verbracht und geredet hatten, hatte sie das Eigentliche vor ihm verborgen, ihr Wissen um die Krankheit, die doch schon da war und sie bedrohte. So perfekt hatte sie sich verstellt, dass er nicht die leiseste Ahnung gehabt hatte. Und nicht nur sie hatte dieses perfide Spiel gespielt, sondern auch die Eltern, ihre und seine!

Die Wut, die damals wie ein Geschwür in Oke gewuchert hatte, ließ sich durch nichts beruhigen, sie wurde der Motor für alles, was er fortan tat und dachte.

Der Teil von Zachys Idee mit den Crows, vor dem sich Oke immer gefürchtet hatte, schien ihm von da an viel weniger fragwürdig als zuvor. Irgendwie hatte Zachy doch recht, Erwachsene waren Schweine, die es verdient hatten, dass man sie betrog und belog, wie sie es umgekehrt ja auch machten.

Und vielleicht hatte Zachy ja auch recht mit dieser ungewissen Zukunft. Oke sah damals jedenfalls keine mehr für sich, die etwas mit der Vergangenheit, wie er sie mit Leo erlebt hatte, zu tun haben könnte. Was gewesen war, wurde von einem schwarzen Schleier aus Falschheit und Lüge überdeckt. Für Oke galt nur noch, sich so weit wie möglich davon zu distanzieren.

Erschöpft von den Tränen, die ihn eingesperrt in diesem Bunker so unvermittelt überfallen hatten, dachte Oke daran, wie sehr ihm die Crows damals geholfen hatten, die Gedanken an Leo wegzuschieben.

23

„Zwei Wasser und ein Spritz, bitte!“

„Gibt’s noch Cola?“

„Ich will Chips, Mama!“

„Jetzt warte mal, du siehst doch, dass NPO alle Hände voll zu tun hat!“

Nathan nickte der Frau mit dem Kind dankbar zu, schnappte sich schnell eine der kleinen Chipstüten und legte sie auf den Tresen. Dann kümmerte er sich um die Leute, die vorher dran waren. Die Hitze und das Koberg-Fest sorgten dafür, dass er heute keine Minute Ruhe hatte. Die Leute wollten nicht nur unentwegt neue Getränke, sie wollten auch wissen, ob er etwas über die Razzia am Morgen erfahren hatte. Nathan zuckte immer nur mit den Schultern. Blaues Licht, Leute, die von der Polizei abgeführt wurden, mehr hatte er nicht gesehen.

Da alle anderen auch nicht mehr wussten, schossen die wildesten Spekulationen ins Kraut. Von der Drogenoma war da die Rede, für die die afrikanische Familie Stoff aus dem Senegal besorgt hatte, der dann an diverse unauffällige Verkäufer aus Komplex B weitergegeben wurde. Von der chinesischen Mafia, die das Viertel unterwandern wollte, obwohl weit und breit noch nie jemand einen Chinesen hier gesehen hatte. Von einem Komplott des amerikanischen Geheimdienstes, vom Versagen der deutschen Behörden, die immer schon auf dem linken Auge blind gewesen waren. Die Geschichten wuchsen wie Unkraut um den Kiosk herum. Nur der Professor, der zwischen den Kunden auf einem Hocker saß und die Ellbogen auf dem Tresen abgelegt hatte, hörte sich das alles stumm an.

Nathan öffnete die Kühlschranktür und stellte besorgt fest, dass die Anzahl der Bierflaschen schon wieder bedenklich geschrumpft war. Mit Cola und Wasser sah es nicht besser aus. „Ich muss noch einmal nachbestellen", dachte er und stellte die leeren Kästen vor die Kiosktür, dann zündete er sich schnell eine Pausen-Zigarette an, was er sonst nie tat, und hoffte, dass zwei Minuten lang niemand etwas von ihm wollte.

Er lehnte sich an die Rückwand der Bude und schaute über die weite Fläche zwischen Komplex A und B. Überall drängten sich die Menschen vor den Ständen. Die Grillbude, der Schießstand oder die Hüpfburg, die das Stadtteilmanagement alljährlich bereitstellten, um dem Hochhausviertel etwas Gutes zu tun, waren genauso umlagert wie der Kiosk. Nathan seufzte und dachte: „Wenn der Bürgermeister schon wenig Einfluss darauf hat, dass die Fassaden endlich mal gestrichen oder Reparaturen zeitnah ausgeführt werden, macht sich so ein Fest zumindest gut für die Eigenwerbung der Stadt!"

Dann fiel ihm ein Stand auf, der von vielen roten Luftballons eingerahmt war. „Leben auf dem Koberg" stand auf dem Schild. Nathan erkannte einige Bilder im Großformat wieder, die schon bei den Bewohnern die Runde gemacht hatten. An diesem Stand ging es anscheinend um die anstehenden Sanierungsmaßnahmen der Immobiliengesellschaft, über die sich die Leute informieren konnten. Ob da mehr zu erfahren war, wie das ablaufen sollte?

Nathan hatte keine Zeit, dieser Frage nachzugehen, sondern griff zu seinem Handy, um den Getränkelieferanten anzurufen. Dabei sah er sich suchend um. Warum war Zachy gerade heute nicht da?! Hilfe hätte er wirklich gut gebrauchen können. An normalen Tagen kam der

Lieferant morgens oder am Nachmittag, wenn sowieso nicht viel los war. Dann konnte Nathan den Kiosk gut mal zehn Minuten alleine lassen, um die leeren Kästen zur Straße zu bringen, wo der Getränkewagen parkte. Aber nicht, wenn so ein Trubel herrschte wie heute.

„Hey, Petermann, heute keine Lust zu arbeiten? Mach uns mal drei Bier!“ Herr Michel gab seine Bestellung schon auf, noch ehe er den Kiosk erreicht hatte. Nathan biss die Zähne zusammen und ging zurück in seine Bude. Der Typ hatte ihm gerade noch gefehlt! Kam an, ignorierte die Schlange, die vor dem Kiosk stand, einfach und bestellte.

„Da sind noch einige Leute vor Ihnen dran!“, machte ihn Nathan nicht ohne Genugtuung auf die Wartenden aufmerksam. Doch der Mann, der als Erster in der Schlange stand, lächelte freundlich und ließ Michel den Vortritt.

„Der weiß, was sich gehört!“, sagte Michel und grinste hämisch. „Kann man nicht von jedem hier sagen!“

Ohne eine Miene zu verziehen, stellte Nathan drei Bierflaschen auf den Tresen. Michel legte das abgezählte Geld auf den dafür vorgesehenen Teller, nahm die Flaschen und gab sie an seine Begleiter weiter.

Nachdem Nathan weitere Leute bedient hatte, stand plötzlich der Junge vor ihm, der ab und zu vorbeikam, um sich eine süße Tüte zu kaufen. „Weiße Mäuse und saure Stangen?“

Der Junge schüttelte den Kopf. „Eine Cola bitte.“

Nathan nahm die letzte Flasche aus dem Kühlschrank und stellte sie auf den Tresen. Als der Junge gerade bezahlen wollte, sagte er: „Sag mal, hättest du einen Moment Zeit und könntest mich mal zehn Minuten vertreten? Ich muss für Nachschub sorgen.“

24

Mo sah sich irritiert um, als müsste er nach demjenigen Ausschau halten, den der Kioskbesitzer angesprochen hatte, bis ihm klar wurde, dass tatsächlich er selbst gemeint war.

„Äh, ja, was soll ich denn ...?"

„Komm einfach mal rum, ich zeig dir alles."

Mo betrat den engen, heißen Raum, der mit Regalen vollgestellt war, auf denen hunderterlei Kleinkram lagerte. Kisten, Tüten und Tütchen mit süßem und salzigem Inhalt, Zeitschriften, Sticker, Zigaretten und Feuerzeuge, ein bunter Jahrmarkt alltäglicher Abwechslung.

„Es ist ganz einfach, du musst dich nur umschauen, die Preise stehen überall dran. Und ich bin ja auch ganz schnell wieder da. Du schaffst das!", sagte Nathan mit Nachdruck und verschwand.

„Geht's jetzt endlich mal weiter hier?!", rief jemand durch die Fensteröffnung. „Ich warte schon ewig! Zwei Wasser bitte und fünf Baluuba-Kaugummis."

Mo versuchte, sich in dem ganzen Wirrwarr zu orientieren, da zeigte der Finger des jungen Mannes auf den Karton, in dem die Kaugummis lagen.

„Wasser ist alle", sagte Mo nach einem Blick in den Kühlschrank, „aber bald gibt es neues."

Der nächste Kunde wartete schon und die Sucherei ging von vorne los. Nach kurzer Zeit war Mo nassgeschwitzt, er hatte das Gefühl, dass er in einem Hamsterrad gelandet war, in dem er sich für den Rest seines Lebens abstrampeln musste, um für all seine Sünden Buße zu tun. Wann kam dieser Nathan bloß zurück?

„Hallo, junger Mann, bist du jetzt hier die Aushilfe?"

Mo, der den kleinen Moment, in dem mal keine Schlange vor dem Kiosk stand, genutzt hatte, um sich im Gewirr des Angebots zurechtzufinden, erschrak. Diese Stimme! Das war der Unbekannte von letzter Nacht, der sich mit Perschau und Michel unterhalten hatte. Mo sah ihn entgeistert an. Der Verwalter der Immobiliengesellschaft! Der mischte also auch bei dieser Sache mit. Der Hausmeister und dieser Michel standen rechts und links neben ihm. Die drei stellten ihre leeren Bierflaschen auf den Tresen.

„Hat der Petermann jetzt schon deutsche Aushilfskräfte?", fragte Michel mit leichter Empörung in der Stimme. „Oder wo kommst du her? Du sprechen Deutsch? Du verstehen: drei Bier!?"

Alle drei brachen in lautes Gelächter aus.

Mo blieb todernst. „Vielleicht auch eins für Zachy?"

Abrupt brach das Gelächter ab.

„Wer soll das sein?"

„Kennen wir nicht."

„Ist das dein Kuscheltier?"

Wieder begannen die drei zu lachen.

„Muss eine Verwechslung sein", sagte der Verwalter.

Da kam Nathan mit Biernachschub zurück. „Schon wieder durstig?", rief er den Männern zu. „Das neue Bier ist leider noch warm!" Ächzend hob er die Kästen in die Bude. „Kommt am besten in einer halben Stunde wieder."

Die drei Männer winkten ab. „Wäre ja auch ein Wunder, wenn hier mal was klappen würde", sagte der Verwalter, und Michel schob hinterher: „Das Organisationstalent liegt denen leider nicht im Blut!" Einen Moment blieben sie noch stehen und schienen zu überlegen, ob sie nicht doch eine der warmen Bierflaschen nehmen sollten. Dann zogen sie plötzlich ab. Mo hörte gerade noch, wie einer von ihnen sagte: „Diesen NPO müssen wir auch noch loswerden! Ist bloß die Frage, wie. Der hat einen Zehnjahresvertrag."

Als sie an Nathan vorbeikamen, der mit der nächsten Fuhre Getränkekisten zum Kiosk lief, hob der bedauernd eine Hand. Doch die drei reagierten nicht darauf.

„Mo, gib mir mal eine Coke, aber für lau, wenn du weißt, was ich meine!"

Mo schloss die Kühlschranktür und drehte sich um. „Pat, spinnst du?", flüsterte er. „Ich bin hier nur kurz die Aushilfe!"

„Ja, eben deshalb", sagte Pat. „Ich dachte, du machst dir gerade einen neuen Kunden klar."

„Quatsch", antwortete Mo, „das ist alles reiner Zufall."

„Echt?" Pat sah ihn zweifelnd an. „Bisher war das doch Zachys Baustelle. Ich dachte, du hättest die jetzt auch übernommen!"

Mo seufzte. Dass Pat wieder mit dieser Nummer anfing. Aber er hatte keine Lust, in aller Öffentlichkeit mit ihm zu streiten. „Ich weiß jetzt, wer der dritte Mann ist!"

Pat riss die Augen auf. „Ach ja? Stand der plötzlich vor dir?"

Mo hörte, wie Nathan hinter ihm die Kiosktür öffnete und den nächsten Kasten hereinhievte und sagte schnell: „In einer halben Stunde an der Wurstbude, okay?"

25

Auf dem Weg zur Wurstbude sah Mo schon von Weitem, dass sich dort nicht nur Pat, sondern auch Oskar und die Zwillinge eingefunden hatten. Sie diskutierten aufgeregt miteinander, wobei Pat sie irgendwie zu beschwichtigen schien. Dann sah er Mo und signalisierte ihm, sich zu beeilen, sie waren mit der Bestellung dran. Mo legte einen Zacken zu und konnte gerade noch sagen: „Für mich auch mit Pommes, aber ohne Ketchup, nur Mayo."

„Da bist du ja endlich", raunte Pat ihm zu, „ich hab den anderen schon erzählt, was wir heute Nacht gehört haben. Die sind verdammt sauer."

Mo sah vorsichtig von einem zum anderen und spürte, wie es brodelte. Offenbar hatte Pat auch erzählt, dass Mo noch mehr Neuigkeiten hatte, denn die Blicke der anderen verrieten ihre Ungeduld zu erfahren, was noch kommen würde.

Die Würstchen waren fertig, und jeder nahm seine Schale entgegen. Als sie sich gerade nach einem freien Platz auf der Wiese umsahen, sagte plötzlich eine Stimme von der Seite: „Hallo, Mortimer!"

Irritiert drehten sich alle um. Mo erkannte das Mädchen, mit dem er gestern an Okes Wohnungstür gesprochen hatte. „Gibt es was Neues?", fragte er und hoffte, dass er sich einigermaßen selbstsicher angehört hatte.

Das Mädchen schüttelte den Kopf. „Ich war im Schwimmbad."

Mo wusste nicht, was er sagen sollte, außerdem saßen ihm die Blicke der anderen im Nacken und die heiße Pommes-und-Wurst-Schale verbrannte ihm langsam die Finger. „Schön!"

Da meinte Pat: „Wir gehen da rüber, Mortimer.“ Das Lachen in seiner Stimme war nicht zu überhören.

„Kann ich mitkommen?“

Mo lief der Schweiß den Nacken hinunter. Sie hatte offenbar die Nase voll davon, auf Oke zu warten.

„Na, kommt schon!“, rief Pat. Damit war ihre Frage beantwortet. Mo seufzte und machte eine Kopfbewegung, die als Zustimmung durchgehen konnte.

Die freien Plätze auf der Wiese zwischen den beiden Hochhäusern waren allerdings rar. Offenbar hatte die Hitze keinen der Koberg-Bewohner davon abhalten können, zum Nachbarschaftsfest zu kommen. Sie ließen sich schließlich in der Nähe eines Gebüschs nieder. Adil hatte seine Pommes unterwegs aufgegessen und warf die leere Schale neben sich ins Grüne. „Dieser Zachy ist für mich gestorben“, sagte er grimmig. „Macht hinter unserem Rücken irgendwelche krummen Geschäfte! Das ist so was von crowless, echt, ich könnt kotzen.“

Crowless! Alle horchten auf, und Ida dachte: „Ich wusste gar nicht, dass mein Bruder so interessante Worte erfinden kann.“

„Dass Perschau seine Finger mit im Spiel hat, wundert mich überhaupt nicht“, meinte Pat. „Und dieser Michel? Was der manchmal am Kiosk von sich gegeben hat, so von wegen Heimatpartei – der hat echt einen Knall! Aber jetzt sag schon, wer ist der Dritte?“

Mo kaute das letzte Stück Wurst zu Ende. „Der Verwalter der Immobilienfirma.“

„Heißt der Schäfer?“, mischte sich da plötzlich das Mädchen von Okes Wohnungstür ein. „Der war jedenfalls vorhin bei Okes Familie und hat irgendwas über die Sanierung der Hochhäuser erzählt und gefragt, ob sie *nachher* wieder hier einziehen wollen."

Alle Blicke klebten nun an dem Mädchen mit den raspelkurzen Haaren. „Wer bist du überhaupt?", fragte Adil, der nicht glauben konnte, was er gerade gehört hatte.

„Eine Freundin von einer Freundin von Oke."

„Ist doch egal", fuhr Pat dazwischen, „das ist jedenfalls der nächste Hammer. Oder hat jemand von euch schon mal etwas davon gehört, dass wir ausziehen müssen, während hier renoviert wird? Was anderes kann dieses *Nachher* wohl kaum bedeuten!"

Ida schüttelte den Kopf. „Ich kann einfach nicht glauben, was sich da hinter unserem Rücken zusammenbraut. Ahnt doch niemand, dass der Koberg nicht mehr der Koberg sein wird, den wir kennen."

„Wir hauen eh ab", sagte Adil tonlos und erntete dafür einen bösen Blick seiner Schwester.

„Ich kapier nicht, was das alles mit Zachy zu tun hat und wofür diese Razzia heute Morgen gut war", sagte Oskar. „Außerdem, wie steckt Oke da mit drin?"

„Das ist mir so was von egal!" Adil stand abrupt auf. „Für mich sind die Crows gestorben!" Da bemerkte er, dass Bewegung in die Leute auf der Wiese gekommen war. Am anderen Ende des Hochhauskomplexes reckten sie die Köpfe in die Höhe. Diese Bewegung setzte sich wie eine Welle bis zu Adil fort, der genauso abrupt wieder stehen blieb.

Von irgendwoher ertönte ein durchdringender Schrei. Verwundert standen auch Pat und die anderen auf und versuchten zu erkennen, was los war. Automatisch schlossen sie sich der Menge an, die zu Komplex B strömte.

„Mein Gott, da oben auf dem Dach steht einer!", flüsterte Ida.

26

Nathan wunderte sich, was los war, als alle plötzlich aufgeregt von seinem Kiosk wegliefen. „Gibt's da was umsonst?"

„Da will einer vom Dach springen!", rief jemand.

Nathan wischte über seine Theke und dachte: „Wird das jetzt etwa Mode hier?" Dann warf er den Lappen in die Ecke und ging, die Hände in den Hosentaschen vergraben, den anderen hinterher.

Eine große Menschenmenge stand mittlerweile zwischen den beiden Hochhäusern und schaute gebannt nach oben. Nathan schirmte mit einer Hand seine Augen ab und blickte ebenfalls hoch zum Dach. Die Gestalt oberhalb des zwölften Stockwerks wirkte klein von unten. Der Kerl stand ziemlich nah an der Kante.

Nathan erkannte das blaue T-Shirt trotzdem sofort.

Er lief zum Eingang von Komplex B, wo zur selben Zeit ein Polizeiwagen eintraf, den offenbar jemand alarmiert hatte. „Kommen Sie mit", sagte er atemlos zu einem der Polizisten, „ich kenne den Jungen." Im Aufzug nach oben erklärte ihm Nathan das Notwendigste.

„Lassen Sie mich mit ihm reden. Bitte!", bat er, als sie oben angekommen waren.

Der Polizist machte ein skeptisches Gesicht. „Sie können es ja versuchen", sagte er schließlich, „sonst übernimmt der Psychologe."

Nathan öffnete die Tür, die aufs Dach führte, und deutete dem Polizisten, dort stehen zu bleiben. Dann trat er hinaus.

Sieben Meter entfernt stand Zachy an der Kante. Er drehte sich kurz zu Nathan um und schrie: „Hau ab! Komm nur einen Schritt näher, und ich springe."

Nathan, dem schlecht wurde, wenn er sich nur eine Sekunde lang vorstellte, dort an der Kante stehen zu müssen, hob eine Hand. „Okay, okay, mach, was du willst, ich werde dich nicht abhalten."

„Was willst du dann hier?"

Die Sonne knallte unbarmherzig auf die beiden hinab. Nathan setzte sich auf den Kies des flachen Daches und lehnte sich an die Wand des Türhäuschens. „Weißt du eigentlich, was du mir für einen Schrecken eingejagt hast? Zwei Beutel mit Tageseinnahmen liegen unter meinem Bett. Heute Abend werden es drei sein."

„Ja und? Ist mir scheißegal!" Zachys Stimme überschlug sich.

Nathan schloss die Augen. „Ich denke nur, wenn das Geld warten kann, bis es jemand zur Bank bringt, kannst du auch noch warten."

„Und erst meinen Job erledigen oder was?"

Nathan hob eines der Steinchen auf und versuchte, seine eigene Fußspitze zu treffen. „Keine Sorge, es geht nicht um mein Geld! Es geht um dich. Ist es so dringend, dass du gerade heute vom Dach springen musst, wenn da unten all die Leute stehen? Mach's einfach morgen, oder übermorgen. Die Freiheit kann dir keiner nehmen."

Nathan hatte die Schuhspitze getroffen.

Zachy sagte nichts.

„Du weißt doch, wie ungern ich die Tageseinnahmen zu Hause aufbewahre."

Zachy spuckte aus. „Bring das Geld doch endlich mal selbst zur Bank und lern, ordentlich damit umzugehen!"

Nathan traf diesmal daneben. „Da sagst du was! Ich hätte das längst in die Hand nehmen sollen. Aber du weißt ja, wie mich das anödet. Können wir nicht einen Deal machen:

Ich kümmere mich ab sofort selbst um meine Finanzen – und du springst erst nächste Woche vom Dach."

Zachy lachte bitter. „Spinner! Ich springe, wann ich will."

„Magst du keine Verabredungen? Ich schätze, du und deine Crows, ihr habt sicher eine ganze Menge davon."

Zachy ballte die Fäuste und trat mit dem Fuß gegen den Kies auf dem Dach, so dass einige Steinchen über die Kante flogen. „Ich mag vor allem, wenn man sich an Verabredungen *hält*!", brüllte er und stieß einen markerschütternden Schrei aus.

Nathan zuckte zusammen. Er hatte zu viel Angst, um zur Dachkante zu schauen.

Dann hörte er das Schluchzen und schaute vorsichtig auf.

Zachy hatte die Fäuste immer noch geballt, er krümmte sich unter seiner verzweifelten Wut, machte eine halbe Drehung und stolperte einen Meter weg vom Rand des Daches. Dort ließ er sich auf den Kies fallen und schlug mit den Händen auf die Steinchen.

Nathan widerstand dem instinktiven Bedürfnis, ihn zu packen und festzuhalten. Im selben Moment schnalzte der Polizist mit der Zunge, hob den rechten Daumen und reichte Nathan zwei Flaschen Wasser nach draußen. Nathan nahm einen großen Schluck.

„Du hast vollkommen recht, es ist absolut scheiße, sitzen gelassen zu werden."

Zachy griff blind nach einer Handvoll Kies und warf die Steinchen von sich.

„Was weißt du schon davon, in deinem blöden Kiosk!"

Nathan stützte den Kopf in die Hände. „Es gibt ein Leben außerhalb des Kiosks, auch wenn's schon länger her ist. Irgendwann kam sie einfach nicht mehr nach Hause."

Zachy warf noch eine Handvoll Steinchen. „Es geht nicht um irgendeine Scheißfreundin, Mann!"

Nathan schaute in den Himmel. „Das war meine Mutter. Und ich war zwölf. Sie vertrug die Kälte nicht. Und den grauen Himmel."

Zachys rechte Hand glitt über den Kies und blieb dann unter seiner Stirn liegen.

Nathan betrachtete die schmale Gestalt, die dort auf dem Bauch lag. „Hier, nimm!" Er hielt eine Wasserflasche in die Luft. „Und komm in den Schatten. Oder willst du, dass die Sonne dir das Hirn wegätzt?"

Zachy blieb lange Minuten auf dem Kies liegen.

Dann robbte er in Zeitlupe zum Türhäuschen und setzte sich dort in den schmalen Schatten der von Nathan abgewandten Seite. Er griff nach der Flasche und leerte sie in einem Zug.

27

Zachy sprach in die Leere vor ihm, und seine Stimme bebte vor Wut.

„Meine Mutter ist immer da. Sie sitzt auf dem Sofa und glotzt eine Soap nach der anderen. Wenn ich ihr die Tabletten bringe, die sie jeden Tag nehmen muss, nimmt sie sie mit einem Schluck Wodka. ---- Weißt du, wie ätzend das ist, wenn man sich dauernd um jemanden kümmern muss, der sich selbst nicht helfen will? ---- Aber noch viel ätzender ist mein Vater, der nie da ist! So ein Arsch, so ein verdammter Drecksarsch. ---- Tausend Mal hat er mir versprochen zu kommen und dann fahren wir da hin und ja, unbedingt auch dort hin und dann wird überhaupt alles anders, dann kümmert er sich um Mama und ich krieg ein Mofa und so weiter. ---- Nie, nicht ein einziges Mal ist dieser Hund tatsächlich gekommen! Kannst du dir das vorstellen? Tausend Mal hab ich ihm geglaubt, hab die Bude aufgeräumt und alles perfekt gemacht, damit er nicht gleich wieder abdampft. ---- Aber er ist gar nicht erst aufgetaucht. Immer gab es was anderes, das gerade zufällig und ganz dringend dazwischengekommen ist. ---- Gestern wieder das Gleiche. Er ruft an, er beschwört mich: Diesmal klappt es hundertprozentig! Schickt mir Fotos von den Tickets nach Malle. ---- Okay, früher war auch schon mal von Puerto Rico die Rede, aber egal. Auf Malle gibt's auch Strand und Meer. ---- Und ich Blödmann packe meine Tasche, fülle Mamas Tablettenkästchen für eine Woche, hole all das Geld der Crows von der Bank und fahre zum Bahnhof, dort will er mich treffen. ---- Und ich warte. Und warte. Und es kommt eine Nachricht nach der anderen. Hab den Bus verpasst. – Muss gleich da sein. – Sorry, dauert noch. – Und ich warte. Und warte. Die ganze Nacht lang. Bis kein einziger verschissener Keks aus der Packung, die ich aus deinem Kiosk hab mitgehen lassen, mehr übrig ist, nur noch Krümel. ---- Und ich selber auch nur noch ein einziges zerbröseltes Etwas bin. ---- Ich HASSE den Typen wie keinen anderen Menschen auf der Welt, das kannst du mir glauben. ---- Ich hasse euch alle! ---- Und wenn ich schon mal dabei bin, kannst du auch gleich alles wissen. Dann geb ich mir eh die Kante. ---- Du und deine beschissenen Tageseinnahmen! Glaubst du etwa im Ernst, die hab ich allesamt schön brav zur Bank gebracht? Schon, aber nicht, ohne mir vorher eine Portion abzuzweigen!! Es war ja auch mehr als einfach, weil du Blödmann überhaupt keine Ahnung von Geld hast!"

„Geld ist nicht so wichtig."

„Ach, ja? Für dich vielleicht nicht! Aber ich sag dir eins: Ohne Geld bist du ein Scheißdreck auf dieser Welt. ---- Schau sie dir doch an, die Typen wie diesen Schäfer, den Immobilienheini. Der kriegt alles, was er will! Mit Geld hat er der Rubnow-Gang den Abflug versüßt. ---- Und Geld hat er mir gegeben – viel Geld –, damit ich den Stoff bei den Leuten deponiere, die heute Morgen verhaftet worden sind. Selbst wenn sie ungeschoren aus der Sache rauskommen – als zukünftige Mieter sind sie jedenfalls raus. ---- Denn was ihr alle noch nicht wisst: Nach der Sanierung geht's hier anders weiter als vorher. Die Ideen von diesem Michel sind von den Plänen der Immobilienfirma und Schäfer gar nicht so weit entfernt. ---- Afros? Türken und Araber? Nix da, die passen alle nicht in sein sauberes Konzept! Du kannst dich schon mal drauf einstellen, dass du dir dann einen anderen Job suchen musst!"

„Du hast doch wenigstens die Crows."

„Ach, ja? Was denkst du denn, was die Crows hier machen? Ja, *Good for Good*! Das ist nur die eine Seite. ---- Wir kennen aber auch die kleinen Geheimnisse der Leute und ihre noch so guten Verstecke, wo sie ihr Geld und ihre Wertsachen aufbewahren! ---- Wenn es nötig ist, nehmen sich die Crows, was sie brauchen und haben auch so ein Konto wie du, und das ist ziemlich fett!"

„Machen das alle Crows so?"

„Keine Ahnung. Einige schon. ---- Und ich auf jeden Fall. Oder wie soll man sich sonst an dieser beschissenen Welt rächen?"

„Hat dich all das Geld denn wenigstens ein klitzekleines bisschen glücklich gemacht?"

„Manchmal. Kurz. Aber Oke hat recht. Das mit Hansmann war kacke. Springt vom Balkon, weil er nix mehr hat, das er uns geben kann. So ein Blödmann! ---- Wie hat Oke das genannt? Wir wären *mitschuldig*! Hat er bestimmt lange dran rumgefeilt, an diesem Wort, so wie ich ihn kenne. Dabei ist es doch ein ganz einfaches und eindeutiges Wort, *schuldig*. Da gibt's gar nichts dran zu drehen. Man muss ja schuldig werden in diesem blöden Leben! Oder etwa nicht?" ----

„Denkst du wirklich, dass ihr schuld an Hansmanns Tod seid? Da hab ich was ganz anderes gehört. Seine Frau hatte wohl endgültig beschlossen, sich von ihm scheiden zu lassen. Er hatte immer gehofft, das würde noch mal was mit ihnen beiden. Da hat er Schluss gemacht. Mit allem. Aber du hast recht, so unschuldig wie man in dieses Leben kommt, geht man nicht wieder raus. Dazwischen liegt eine Menge Mist. Aber wir sind ja schließlich keine Götter, können nicht immer alles überschauen und alles verstehen, was läuft. Wir treffen falsche Entscheidungen und verstricken uns darin. Aber –“

„Jetzt kommt der mit seinem Aber! Erzähl mir bloß keinen Scheiß!“

„Tut mir ja leid, aber das *Aber* ist genauso eine Wirklichkeit wie das *Schuldig*! Du kannst den Sprung vom Dach ruhig verschieben, bis du 85 bist und der endgültige Krebs dir keine andere Wahl lässt. Für alles andere gibt es eine Chance, es anders zu machen.“

„Pah, das ist doch bloß so ein Gutmensch-Ding!“

Nathan lachte leise. „Weißt du, was mir der Professor neulich erzählt hat? Früher haben die Menschen gedacht, die Erde wäre eine Scheibe und dort, wo der Horizont aufhört, fällt man runter.“

„Schön blöd.“

„Aber sie haben sich nicht damit abgefunden. Es mag ja den einen oder anderen hoffnungslosen Fall geben, aber du gehörst definitiv nicht dazu.“

„Woher willst du das wissen?“

„Deine Wut! Die ist richtig gut. Du findest dich nicht ab mit all dem, was scheiße ist – und du weißt sogar genau, *was* alles nicht in Ordnung ist! Du hast ganz schön viel Energie, vielleicht kannst du die zur Abwechslung für was Gutes einsetzen.“

Zachy warf ein Steinchen Richtung Dachkante, seine Stimme klang plötzlich ganz klein. „Meinst du wirklich, nach all dem gibt’s für mich noch eine Chance?“

Nathan nickte. Doch dann fiel ihm ein, dass Zachy das ja nicht sehen konnte. „Klar!“

Er hörte, wie Zachy auf der anderen Seite seufzte, ein Seufzer, der aus der Tiefe der Erde zu kommen schien.

„Leicht wird’s nicht, das weißt du selber. Doch die

Crows – vielleicht haben sie ja Lust, ein bisschen mitzuhelfen. Apropos, wo ist eigentlich dieser Oke?“

Zachys Hand erschien an der Ecke, an der vorhin die Wasserflasche gestanden hatte. Zwischen den Fingern hielt er einen Schlüssel.

„In unserem Bunker. Die anderen wissen, wo der ist.“

Zachy stand auf und ging geradewegs auf die Kante des Daches zu. Dann griff er nach dem Rucksack, den er vorhin dort abgelegt hatte, und öffnete ihn. Er griff hinein und warf Geldscheine in die Luft, die im nächsten Augenblick lautlos in die Tiefe segelten.

28

Nathan zitterte wie Espenlaub, als Zachy über den knirschenden Kies auf ihn zukam, aber er räusperte sich und tat so, als hätte er sich verschluckt. Zachy schlug ihm ein paar Mal mit der flachen Hand auf den Rücken. Dann empfing sie der Polizist an der Dachtür.

Im Hausflur angekommen, bekam Zachy eine goldene Folie um die Schultern gelegt, ein weiterer Polizist drückte ihm eine neue Flasche Wasser in die Hand. Zachy setzte sich auf die unterste Stufe der Treppe und goss sich den Rest Wasser aus der Flasche über den Kopf. Dann kam ein Rettungssanitäter, fühlte seinen Puls und leuchtete ihm in die Augen. Zachy wunderte sich, dass all die Leute um ihn herum still und konzentriert ihr Ding machten und niemand ihn etwas fragte. Nach einer Weile sagte einer der Polizisten: „Wir fahren jetzt mal nach unten!"

„Bin ich verhaftet?", fragte Zachy tonlos.

„Na ja", antwortete der Polizist. „Wir fahren jetzt ins Krankenhaus, außerdem haben wir eine ganze Menge Fragen an dich. Dann schauen wir weiter. Okay?"

Zachy nickte, stand auf und folgte den Polizisten in den Aufzug. Nathan stieg auch mit ein. Kurz bevor sie im Erdgeschoß ankamen, konnte er nicht anders, er legte Zachy die Hand auf die Schulter und sagte: „Mach dir keine Sorgen, wir finden eine Lösung für alles."

Unten vor dem Hauseingang hatte sich eine Menschenmenge versammelt, die begierig darauf wartete, den Jungen vom Dach aus nächster Nähe zu sehen. Auch Schäfer, Michel und Perschau standen dort beisammen.

Zachy blieb plötzlich stehen, so dass die beiden Polizisten ebenfalls stoppen mussten. „Ich werd euch sagen, wer hier für den ganzen Koberg-Schlamassel verantwortlich ist!“ Er machte eine Kopfbewegung in Richtung der Männer.

„Um die kümmern wir uns später“, meinte einer der Polizisten und setzte sich wieder in Bewegung.

Als sie fast beim Polizeiauto angekommen waren, drehte Zachy sich noch einmal um: „Hey, ihr da: Schäfer, Michel und Perschau! Sie kriegen euch, das schwöre ich!“

Die Menge drehte ihre Köpfe den Männern zu. Nur Mo und die übrigen Crows sahen weiter zu Zachy.

Mo hob die Hand, als wollte er sagen: Hier gehörst du hin. Zachy erinnerte sich wieder an dieses gute Gefühl, das die Crows ihm immer gegeben hatten. Zu wissen, dass es hier eine Crew gab, auf die er sich verlassen konnte, hatte ihn mehr als einmal gerettet. Er hob den Blick.

Da standen sie alle und sahen ihn besorgt, erschrocken, vor allem aber fassungslos an.

„Was für eine Scheiße“, flüsterte er. Dann hob er die Hand und rief laut: „Sorry, Leute! Oke hatte so was von recht. Das war’s leider.“

Der Polizist führte ihn zum Auto und öffnete eine der hinteren Türen.

„Kann Nathan mitkommen?“

Der Polizist nickte.

Nathan war sofort einverstanden, doch dann fiel ihm noch etwas ein. „Moment!“ Er griff in seine Hosentasche, lief zurück zu der Menge vor dem Haus und drückte Mo den Schlüssel in die Hand. „Oke steckt in eurem Bunker fest“, sagte er. Im nächsten Augenblick lief er zurück zum Polizeiauto.

29

Die Menschenmenge löste sich nur langsam wieder auf. Der Mann von der Würstchenbude war als Erster wieder an seinem Platz, räumte die verkohlten Reste weg und legte neue Würstchen auf den Grill. Für Luftballons interessierte sich niemand mehr, und der Stand der Immobilienfirma blieb verwaist. Ein Mann aus der dritten Etage von Komplex A riss im Vorübergehen die Fahnen herunter und warf sie ins Innere des Standes.

Mo und die anderen Crows standen immer noch paralysiert beisammen.

Sie hörten, wie jemand sagte: „Wir brauchen ein Mieterkomitee!"

„Und einen Anwalt", fügte sein Nebenmann hinzu.

Mo betrachtete den Schlüssel in seiner Hand und sah die anderen fragend an. „Leute, ich bin überfordert!"

Adil fand als erster seine Stimme wieder. „Was soll das heißen: Oke steckt im Bunker fest?"

Pat kickte ein Steinchen beiseite. „Na, was soll das schon heißen. Zachy, dieser Oberarsch, hat ihn dort eingeschlossen!"

„Und wieso bitteschön? Ich dachte, die beiden sind so." Dabei kreuzte Oskar Mittel- und Zeigefinger.

„Anscheinend doch nicht", warf Ida ein. „Wahrscheinlich hat Zachy es ihm wirklich krumm genommen, dass er letztens irgendwas von ‚schuldig' gefaselt hat. War der Hansmann denn tatsächlich ein Kunde von einem von euch?"

Alle schüttelten die Köpfe.

Sam lehnte sich Kaugummi kauend an eine Laterne. „Hat denn irgendwer Zachy wirklich gekannt? Ich meine, der hatte so was Skrupelloses an sich. Irgendwie bin ich nie aus Zachy schlau geworden.“

„Ach, ja?“ Ida warf ihm einen verächtlichen Blick zu. „Hat denn irgendwer überhaupt irgendwas von einem von uns verstanden? Hast du mich mal etwas gefragt, das über das übliche Blabla hinausging? Hat irgendeiner mal jemanden zu Hause besucht?“

Mo blickte auf. „Ja, ihr beide mich heute. War aber tatsächlich das erste Mal.“

„Wir hatten ja auch den Versammlungsraum im zehnten Stock!“ Pat kickte immer noch Steinchen.

Niemand sagte etwas. Mo schaute zu einem der von der Sonne ausgeblichenen Bäume, in dem eine Krähe Platz genommen hatte und ein lautes Krrrr-krrrr von sich gab. Er räusperte sich. „Meint ihr, die Crows, äh, also, das war’s jetzt wirklich?“

Ida zuckte mit den Schultern. „Keine Ahnung. Aber irgendwas ist schiefgelaufen. Ganz sicher.“

Wieder entstand eine Pause, in der nur das Klickern der Steinchen zu hören war, bis Pat auf beide Füße sprang. „Sagt mal, Leute, was stehen wir hier eigentlich noch rum und quatschen? Wir sollten endlich mal zum Bunker und Oke befreien! Wie lange steckt der da denn schon drin? Doch mindestens zwei Tage!“

Mo trat zu Ida. „Hier, nimm du den Schlüssel!“, sagte er. „Ich glaube, ich sollte lieber beim Kiosk nach dem Rechten sehen, jetzt, wo Nathan nicht da ist.“

„Nathan? So heißt der also?“ Pat klopfte Mo auf die Schulter. „Okay, dann halt du hier mal die Stellung.“

„Und ihr bestellt Oke schöne Grüße. Ich hoffe, es geht ihm gut!“

30

Stimmen vor dem Bunker.

Stimmen, mit denen Oke schon keine Hoffnung mehr verband, und die doch zu ihm wollten. Der Schlüssel wurde im Schloss umgedreht, die Stimmen drangen in die Dämmerung und riefen seinen Namen. „Oke? Bist du da?“

Oke erhob sich langsam von der Matratze und starrte sie verwundert an, konnte es nicht fassen, dass plötzlich die Crows um ihn herum standen und fragten: „Bist du okay, Oke? Mensch, sag doch was!“

Er konnte nur nicken und rieb sich das Staunen aus den Augen und die Tränen auch. „Wo ist Zachy?“, war die erste Frage, die ihm einfiel, denn der fehlte am meisten in dieser Runde. Die anderen erzählten ihm vom Dach und vom Geldregen und von allem anderen auch.

Als er sie die ganze Zeit nur erstaunt anglotzte und ungläubig den Kopf schüttelte, fragten sie: „Und du hast von all dem nichts gewusst?“ Da konnte er nur weiter den Kopf schütteln und musste erst einmal kapieren, was los war.

Zachy, der an keinem Strand der Welt gewesen war, der sie alle hintergangen hatte und dann doch nicht vom Dach gesprungen war. Der Mo zugerufen hatte, kurz bevor er ins Polizeiauto eingestiegen war: „Oke hatte recht! Das war’s, Leute!“

War das tatsächlich das Ende der Crows? Was dachten die anderen darüber? Oskar, der das alles offenbar auch noch nicht verstand, sagte: „Hat der dich hier einfach weggesperrt. Nicht zu glauben!“ Dann nahm er Okes Rucksack und stützte ihn beim Hinausgehen.

„Hattest du Angst hier in diesem Loch?“, wollte Pat wissen, und Ida fuhr ihm direkt mit „Jetzt lass ihn doch erst mal“ in seine Frage. Es war eine merkwürdige Stimmung zwischen ihnen, als würden sie sich allesamt nicht mehr auskennen mit dem, was sie verband. Als würde der Bunker sie an etwas erinnern, an das sie gar nicht erinnert werden wollten. Jedenfalls jetzt noch nicht.

Langsam machten sie sich auf den Weg zurück.

Als sie endlich zurück auf dem Koberg waren und zum Kiosk kamen, trafen sie auf das fremde Mädchen mit den unheimlich kurzen Haaren, die dort wartete. „Das ist Aljona“, stellte Mo sie vor, „sie ist bei dir zu Besuch.“

Das sorgte bei Oke für noch mehr Verwirrung, er kannte keine Aljona und wusste auch nicht, dass jemand zu Besuch kommen sollte. Erst als sie bei Komplex A angekommen waren und die anderen sich verabschiedet hatten, sagte Aljona: „Ich musste Leo versprechen, dir etwas von ihr zu bringen.“

In diesem Moment wünschte sich Oke, wenigstens das auf einen anderen Tag verschieben zu können. Es war einfach zu viel, das er verkraften musste.

Doch als sie bei ihm zu Hause im Wohnzimmer saßen und Okes Mutter endlich in der Küche verschwunden war, erzählte ihm Aljona alles. Dass sie auch krank gewesen war und Leo bei einer der Behandlungen kennengelernt hatte, die sie in Amerika bekommen hatten.

„Du warst auch in Amerika?“

„Für manche Krankheiten gibt es dort die besseren Heilungsmethoden“, murmelte sie. „Wir haben uns sofort gut verstanden und sie hat mir von dir erzählt. Ich glaube, von überhaupt niemandem hat Leo so viel gesprochen wie von dir.“

„Von mir?!“ Oke war es, als spräche sie eine fremde Sprache. Die Worte durchdrangen nur langsam das Bild, das er sich nach dem Urlaub am Meer von Leo gemacht hatte, und die Wut, die er so lange mit sich herumgetragen hatte.

„Ich habe sie bekniet, ruf ihn doch an, sprich mit ihm, solange es noch geht, aber sie wollte nicht. Sie hat immer gesagt: Ich will nicht, dass sich diese blöde Krankheit zwischen uns stellt und alles überdeckt, was wir zusammen erlebt haben. Er soll mich so in Erinnerung behalten, wie ich wirklich und wahrhaftig war. Er weiß dann schon, was ich meine.“

Aljona machte eine kleine Pause, denn mit den Worten wurde auch ihre Erinnerung an Leo lebendig.

„Wenn ich es nicht schaffe, hat sie mir dann gesagt, gib ihm das rote Notizbuch von mir. Egal, wann du wieder zu Hause bist, fahr zum Koberg und sorge dafür, dass er es persönlich bekommt.“

Vorsichtig holte Aljona ein Päckchen aus einer Tasche und legte es vor Oke auf den Tisch.

„Wie ist sie ...?“

„Leo war das mutigste Mädchen, das ich jemals gekannt habe!“, sagte Aljona. „Sie ist einfach friedlich eingeschlafen. Es war sogar ein Lächeln auf ihrem Gesicht.“

Oke starrte auf das rechteckige Päckchen und wünschte sich, Aljona würde immer weitersprechen. Aber da klingelte es und sie sagte: „Das ist bestimmt mein Vater, der mich abholen kommt. Er hat einen Arbeitskollegen besucht, der hier in der Nähe wohnt, deshalb konnte ich überhaupt herkommen.“

Sie berührte das Päckchen auf dem Tisch noch einmal mit den Fingerspitzen und schob es ein kleines Stückchen näher zu ihm heran. Dann verabschiedete sie sich sehr herzlich von seiner Mutter, dankte ihr für die Übernachtung und drehte sich an der Tür nochmal lächelnd zu ihm um.

Oke sprang auf, denn es fiel ihm doch noch ein, sie nach ihrer Telefonnummer zu fragen.

Oke trat aus der Dusche, trocknete sich ab und ging in sein Zimmer. Der Geruch des Duschgels hüllte ihn ein wie eine Wolke. So intensiv hatte er ihn noch nie wahrgenommen. Er warf sich auf sein Bett und tauchte in das warme Licht, das die Sonne am frühen Abend noch einmal mit besonderer Intensität in seinem Zimmer verbreitete. Gleichzeitig wunderte er sich, wie selbstverständlich es sich anfühlte, wieder in der vertrauten Umgebung zu sein.

Ein bisschen kam es ihm vor, als wäre die Zeit im Bunker nur ein schlechter Traum gewesen, ein Film, den er vielleicht im Fernsehen gesehen hatte. Aber er war doch tatsächlich dort gewesen und hatte mehr als vierundzwanzig Stunden im Dämmerlicht des Bunkers verbracht, einen Nachmittag, eine unendlich lange Nacht und fast einen weiteren Tag. Jetzt war das alles wieder in weite Ferne gerückt und fühlte sich wie die Reise an einen fremden Ort an, die zu Ende gegangen war. Weiter weg als alle Reisen, die er bisher gemacht hatte.

Dabei war es nur ein paar Stunden her, dass er dort auf der stinkenden Matratze gelegen hatte, wie ein Schiffbrüchiger auf einer einsamen Insel, vollkommen sicher, dass dieser Zustand niemals aufhören würde. Jetzt lag er auf seinem Bett und sah, wie das Licht draußen in ein kräftiges Rosa überging. Er fühlte sich so unendlich müde.

Doch plötzlich fiel ihm etwas ein. Er drehte sich nach

links und langte mit dem Arm in die Ritze zwischen seinem Bett und der Wand. Sie waren noch alle da. Eine nach der anderen fischte er Leos Postkarten wieder hervor, wischte den Staub ab und betrachtete die Bildseiten. Er legte sie neben das rote Notizbuch, das Aljona ihm mitgebracht hatte. Lesen würde er das alles irgendwann später, wenn er die Kraft dazu hatte.

Während ihm die Augen zufielen, wünschte er sich, dass dieser Gott, wenn es ihn denn gab, Leo in seinem Paradies empfangen hatte. So wie Leo es sich ausgedacht hatte. Warum überlebte die eine die Krankheit und die andere nicht? Wieso konnte man sich in manchen Dingen nur so schrecklich irren? Aljonas Haare würden wieder wachsen, aber die Fragen blieben immer gleich.

Wenig später rief Okes Mutter aus der Küche: „Das Essen ist fertig! Komm und erzähl uns endlich, wo du warst!“

Epilog

Drei Tage später erhielt Oke einen Brief von Aljona. Es war eigentlich kein richtiger Brief, sondern eher die Kopie eines Wikipedia-Eintrags. An den Rand hatte sie geschrieben:

Für dich und die Crows, falls ihr noch Bedarf habt!

Krähen sind sehr soziale Tiere und im Vergleich zu anderen Vögeln überdurchschnittlich intelligent. Sie sind neugierig und überprüfen jedes unbekannte Objekt auf seine Verwertbarkeit. Dabei wenden sie verschiedene Techniken an, lassen herbeigeschleppte Nüsse von Autos überfahren und knacken oder ziehen unbewachte Angelleinen aus dem Wasser, um an die daran hängenden Fische zu gelangen. Sie sind extrem lernfähig und können Menschen und Artgenossen wiedererkennen und ihr Verhalten einschätzen. Ihre Intelligenz und Sprachbegabung und die Nähe zum Menschen haben dazu geführt, dass sie als unheimliche Unheilsbringer betrachtet wurden, ihnen aber auch große Weisheit zugesprochen wird.